Rudolph Lindau

Zwei Seelen

Roman

D1662102

Rudolph Lindau

Zwei Seelen

Roman

ISBN/EAN: 9783959133234

Auflage: 1

Erscheinungsjahr: 2017

Erscheinungsort: Treuchtlingen, Deutschland

Literaricon Verlag UG (haftungsgeschränkt), Uhlbergstr. 18, 91757
Treuchtlingen. Geschäftsführer: Günther Reiter-Werdin, www.literaricon.de.
Dieser Titel ist ein Nachdruck eines historischen Buches. Es musste auf alte
Vorlagen zurückgegriffen werden; hieraus zwangsläufig resultierende
Qualitätsverluste bitten wir zu entschuldigen.

Printed in Germany

Cover: Louis Janmot, Le poeme de l'Ame, 1854, Abb. gemeinfrei

Zwei Seelen

Roman von

Rudolph Lindau

Stuttgart und Leipzig
Deutsche Verlags-Anstalt

Du bist dir nur des einen Triebs bewußt;
Oh, lerne nie den andern kennen!
Zwei Seelen wohnen, ach! in meiner Brust,
Die eine will sich von der andern trennen.

1

Es war im Jahre 1869, in Paris, an einem trüben Herbsttage, um fünf Uhr nachmittags. Die graue Luft war weich, und in den Champs Elisées fehlte es nicht an Spaziergängern und an solchen, die im offenen Wagen dem Boulogner Hölzchen zueilten, um dort die beliebte Rundfahrt „um die Seen" zu machen; nur die leeren Bänke und Stühle auf beiden Seiten der schönen Straße zeigten, daß bei der vorgerückten Jahreszeit der ruhende Aufenthalt im Freien aufgehört hatte, etwas Angenehmes und Zuträgliches zu sein. Mehrere der Dahinwandelnden musterten deshalb auch mit einer gewissen Aufmerksamkeit einen jungen Mann in verschossenem Reiseanzuge, der sich auf einem Stuhl hart am Fahrwege niedergelassen hatte und mit einem Ausdruck großer Gelassenheit auf dem sonnenverbrannten, kühn gezeichneten Gesichte freundlich und teilnahmslos zugleich um sich blickte. Er mochte acht- oder neunundzwanzig Jahre alt sein, sah stark und gesund aus und war von mittlerer Größe, schlank und wohlgebaut. Der lange, rötlichblonde Schnurrbart und die klaren, grauen, scharfblickenden Augen gaben ihm das Aussehen eines Jägers; auch hätte man ihn wohl für einen Kavallerieoffizier halten können. Jedenfalls war er unverfälschter, guter nordischer Abstammung. — Er hatte sich zurückgelehnt, den linken Arm über die Lehne des Stuhles geschlagen, auf dem er saß, und die Füße, die in starken Schnürstiefeln staken, weit von sich gestreckt. Aber die Nachlässigkeit seiner Haltung ging nicht so weit, daß sie Tadel herausgefordert hätte. Die Vorübergehenden sagten sich: „Da sitzt einer, der es sich bequem macht, ein Fremder, der sich müde gelaufen haben wird, um unser schönes Paris zu bewundern," und von den Frauen und Mädchen drehte sich manche noch einmal nach ihm um. Aber das bemerkte er nicht.

Nach geraumer Weile stand er schnell auf, um einem Wagen nachzublicken, der soeben an ihm vorübergefahren war und in dem drei Personen saßen: eine ältere Dame und zwei hübsche, blonde, junge Mädchen. Die jüngere von den beiden, die auf dem Rücksitz saß, hatte die schnelle Bewegung des Fremden bemerkt, und ihre Augen, die einen traurigen, klagenden Blick hatten, begegneten den seinen. Aber der Wagen fuhr schnell, und die beiden jungen Leute hatten sich bald aus dem Gesicht verloren; darauf schaute der junge Mann wohl eine Minute lang nachdenklich vor sich hin. In demselben Augenblick fuhr eine offene Kalesche, in der eine einzelne Dame saß, ganz dicht an ihm vorüber.

Die Dame trug einen jener dunkeln, dichten Schleier, die während kurzer Zeit von den vornehmen Pariserinnen angelegt wurden, als eine stumme Verwahrung gegen die Dreistigkeit, mit der damals die berüchtigsten Schönen der Halbwelt so viel wie möglich von ihren Reizen im Theater und auch auf der öffentlichen Promenade zur Schau zu tragen pflegten. Ihre Gesichtszüge waren in dem Augenblick deshalb auch nicht zu erkennen; doch wurde sie von vorübergehenden „Kennern" bemerkt. Sie war mit tadelloser, vornehmer Eleganz gekleidet; auch ihr Fuhrwerk

— der feiste Kutscher und der steif dasitzende Lakai und die schweren braunen Pferde mit inbegriffen — war im besten großen Stil gehalten.

Als sie an dem Fremden vorüberfuhr, machte sie eine kurze, schnelle Bewegung; dann hob sie den Schleier, beugte sich aus dem Wagen und blickte unverwandt nach dem noch immer sinnend Dastehenden — und erst als die Entfernung zwischen den beiden so groß geworden war, daß sie seine Züge nicht mehr deutlich unterscheiden konnte, lehnte sie sich langsam wieder auf den breiten, niedrigen Sitz der Kalesche zurück. Aber sie vergaß, den Schleier wieder herabzuziehen. Zwei junge Männer, an denen sie vorüberfuhr, blieben stehen, um sie zu betrachten und ihr nachzublicken.

„Du siehst," sagte der eine, „es verlohnt sich um diese Stunde beinahe immer der Mühe, hier spazierenzugehen. — Kann man etwas Schöneres sehen als die Marquise?"

„Ja, sie ist wunderbar schön!" antwortete der andre, und damit setzten die beiden ihre Promenade fort.

Sie war noch jung, sie konnte noch nicht dreißig Jahre alt sein, aber die großen dunkeln, halbgeschlossenen Augen blickten müde und klug wie die einer weit älteren Person, wie Augen, die vieles sehen und verstehen und sich für nichts interessieren; und der edel geformte Mund mit den schmalen Lippen war fest und streng geschlossen. Sie trug das schwarze, schlichte Haar einfach gescheitelt, wie es sich ungestraft nur Frauen erlauben dürfen, deren Kopfform eine vollendet schöne ist.

Bevor die Kalesche am Rond Point angelangt war, befahl die Dame, zu halten.

„Der Wagen kann mir folgen," sagte sie.

7

Sie stieg langsam aus, nachdem sie den Schleier wieder über ihr Gesicht gezogen hatte, und schritt, den Kopf etwas zurückgeworfen, ohne die Vorübergehenden eines Blickes zu würdigen, mit eigentümlicher Feierlichkeit in der Haltung und im Gange, die Champs Elysées hinauf. Nach einigen Minuten erblickte sie in geringer Entfernung vor sich den jungen Fremden, der ihre Aufmerksamkeit vorher gefesselt hatte. Er ging auf der äußersten Seite des Bürgersteigs, und sein Gesicht war dem Fahrwege halb zugewandt, so daß die Dame unmittelbar vor ihm stand, ehe er sie bemerkte.

„Wie geht es Ihnen, Herr Günther?" fragte sie leise und ruhig.

Er wandte sich schnell zu ihr und stand mehrere Sekunden stumm und bewegungslos. Dann trat er einen Schritt zurück, sein wettergebräuntes Gesicht wurde noch um einen Schatten dunkler, und er sagte verlegen: „Gnädige Frau!"

Seine Augen hefteten sich auf ihr Gesicht; sie schien sich an seiner Verwirrung zu weiden, dann hob sie den Schleier und blickte ihn zutraulich und milde an.

Er nickte langsam mit dem Kopf und sagte leise: „Ja . . . ja . . ."

„Was ‚Ja . . . ja?'" fragte sie lächelnd; aber er antwortete nicht und wiederholte nur, diesmal mit einem kaum vernehmbaren Seufzer:

„Ja . . . ja . . ."

„Seit wann sind Sie hier?" fragte sie.

„Seit wenigen Stunden!"

„Wo kommen Sie her?"

Da schwand seine Befangenheit, und er sagte, mit einem freundlichen Lächeln die Champs Elysées hinunterdeutend:

„Von dort . . . Weit von hier . . . Aus Amerika!"

„Sie bleiben jetzt wieder hier?"

„Nein! Ich gedenke, in den nächsten Tagen nach Deutschland zurückzukehren."

„Aber ich werde Sie doch vorher sehen?"

Er zauderte eine Sekunde und sagte dann verlegen und ohne Freudigkeit:

„Wenn Sie es gestatten, gnädige Frau!"

Sie hatte sein Zögern bemerkt, und es schien sie zu verletzen. Sie schwieg eine kleine Weile, dann blickte sie ihn wehmütig an.

„Ich möchte gern hören, wie es Ihnen gegangen ist — wie es Ihnen geht," sagte sie endlich; „bitte, besuchen Sie mich! Ich bleibe heute abend zu Hause — heute abend . . . und auch morgen!" setzte sie hinzu. „Auf Wiedersehen! Versprechen Sie mir: Auf Wiedersehen!"

Er verbeugte sich stumm.

„Nein, versprechen Sie mir, daß Sie mich aufsuchen werden!" fuhr sie fort.

„Sie sind zu gütig, gnädige Frau!"

„Das ist kein Versprechen," unterbrach sie. „Versprechen Sie mir, zu kommen, heute oder morgen!"

„Ich werde mir die Ehre geben, Ihnen heute abend meine Aufwartung zu machen," sagte er verlegen.

„In dem alten Hause! Sie haben es doch nicht vergessen?"

„Nein, ich habe es nicht vergessen," erwiderte er nachdenklich.

Die Kalesche hatte hinter dem sprechenden Paare haltgemacht und fuhr jetzt dicht an das Trottoir heran. Er reichte ihr die Hand, um ihr beim Einsteigen behilflich zu sein. Sie stützte sich leicht darauf und nahm im Wagen Platz; dann nickte sie ihm

9

huldreich zu, einer Königin gleich, die eine Audienz erteilt hat.

Der Wagen rollte davon, der junge Mann blickte ihm eine Weile nach; endlich schritt er über die Champs Elysées einer Nebenstraße zu, um sich nach dem kleinen Gasthof zu begeben, in dem er abgestiegen war. — Der zufriedene, harmlose Ausdruck auf seinem Gesichte war gänzlich verschwunden.

*

Günther von Wildhagen war fünfundzwanzig Jahre alt, als er zum erstenmal nach Paris kam — angeblich, um sich im Französischen zu vervollkommnen, das er übrigens damals schon recht gut sprach. Er hatte einige Empfehlungsbriefe an alte Freunde seines Vaters und entfernte Verwandte seiner Familie mitgebracht, die ihm mehrere vornehme Salons des Faubourg St. Germain geöffnet hatten, in denen er sich zu langweilen pflegte; — und er war im Besitz eines Kreditbriefes auf eines der ersten Pariser Bankhäuser, der groß genug war, um ihm zu gestatten, sich in Gesellschaft von Altersgenossen, die er bei den Freunden seines Vaters oder im Klub, wo er durch diese eingeführt war, und im Quartier Latin, wohin ihn sein Vorhaben, zu studieren, von Zeit zu Zeit zog, kennen gelernt hatte — aufs beste zu unterhalten.

Der französische Deutschenhaß, eine Erfindung der siebziger Jahre, bestand damals noch nicht. Die Franzosen schwelgten derzeit noch in dem nicht unberechtigten Selbstgefühl, das leitende Volk von Europa zu sein. Die Franzosen „im Glück" waren in der Tat liebenswürdige, vergnügliche Leute, und Paris war mit Fremden gefüllt, die in ihrer Gesellschaft Unterhaltung und angenehmen Zeitvertreib suchten und fanden. Die schöne Stadt glich einem großen Gasthause, in dem sich jeder nach seinem Geschmack und seiner Börse einrichten konnte und guter Aufnahme sicher sein durfte, vorausgesetzt, daß er sich in der Lage befand, seine Zeche in klingender Münze zu bezahlen; denn in dieser Beziehung verstanden auch die Franzosen von damals keinen Spaß.

Günther war das Gegenteil eines ängstlich berechnenden Mannes, aber er neigte von Natur nicht zu Ausschweifungen, und er kam reichlich aus mit dem Gelde, das ihm sein Vater zur Reise nach Paris zur Verfügung gestellt hatte. Er bewohnte ein kleines, ruhiges, ordentlich gehaltenes „Hotel garni“ in einer der Nebenstraßen der Champs Elysées, tummelte des Morgens seinen hübschen, etwas heftigen Gaul in der Avenue de l'Imperatrice und im Bois de Boulogne, aß zu Mittag bei Durand, Voisin, Bignon, im Café d'Orsay oder im Café Anglais und war des Abends in guter Gesellschaft, oder in einem kleinen Theater, oder auf einem beliebigen öffentlichen Ball, oder — dies aber nur als letztes Mittel, den Abend totzuschlagen — im Klub zu finden. Dort langweilte er sich nämlich, da er keine Zeitungen las und auch nicht spielte und den „Cancans“, die von seinen Genossen umhergetragen wurden, infolge geringer Personalkenntnisse kein Interesse abgewinnen konnte.

Günther erfreute sich großer Beliebtheit unter seinen Bekannten. Den jungen Leuten gefiel er, weil sie ihn stets zu jedem Scherz aufgelegt fanden; dann bewunderten sie wohl auch seine Geschicklichkeit als Reiter, von der er auf Jagden und auch bei einigen Hindernisrennen in der Lage gewesen war, Beweise zu geben; die älteren Herren lobten die ehrerbietige und gleichzeitig freundliche Haltung, die er ihnen gegenüber einnahm, und nannten ihn einen „wohlerzogenen jungen Mann"; aber befonderes Glück hatte Günther bei den Frauen. Diefe fanden den blonden Germanen in feiner ftolzen Jugendfrifche, mit feinen klaren Augen und den weißen, gefunden Zähnen „geradezu reizend", tout à fait charmant!

Es war in den erften Tagen des Monats März, im Jahre 1866. Günthers Aufenthalt in Paris nahte feinem Ende. Er hatte drei fchöne Monate an der Seine verlebt und wollte noch im Laufe des Monats die Reife nach Deutfchland antreten, um dort, wie dies feit Jahren befchloffene Sache war, unter An= leitung feines Vaters die Verwaltung der Güter zu übernehmen, die nach menfchlicher Vorausficht fpäter feine eignen werden follten. Es wurde Günther etwas wehmütig ums Herz, wenn er fich fagte, daß er wohl noch in fpäteren Jahren an den Aufenthalt in Paris wie an den fchönften Feiertag feines Lebens zurück= denken werde und daß derfelbe nun feinem Ende nahte. Sein Geift wanderte über die öden, weiten Felder, über die dunkeln Wälder feiner Heimat.

„Hier ift es hübfcher," fagte er vor fich hin, und dabei feufzte er leife; aber feine gefunde Natur gewann bald wieder die Oberhand. „Man lebt nicht nur, um fich angenehm zu unterhalten," fuhr er in ftillem Selbftgefpräch fort; und er dachte an die mannigfachen Pflichten, die er zu erfüllen haben, an die ernften Aufgaben, die das Leben ihm ftellen würde — „und dann die Jagd und das Reiten und die Nachbarn und der Aufenthalt in Berlin. Es wird fchon alles gut gehen; einftweilen habe ich noch vier Wochen vor mir, die will ich mir wenigftens nicht durch trübe Ge= danken verbittern."

Er hob den Kopf wieder und fchritt vergnüglich weiter. Er befand fich auf der Höhe des in den Champs Elyfées errichteten fogenannten „Palais de l'Industrie". Über dem Eingangstor zu demselben las er das Wort: „Exposition".

„Wahrscheinlich eine Bilderausstellung," sagte er sich. „Ich werde sie mir ansehen." Er bezahlte Eintrittsgeld und trat in die großen Räume. Es war noch früh am Tage — gegen elf Uhr morgens — und die Säle waren nur schwach besucht. Er durchschritt dieselben langsam, hier und da vor irgendeinem Bilde verweilend. Aber keines derselben nahm seine Aufmerksamkeit besonders in Anspruch. Da fiel sein Blick auf ein Porträt. Es stellte eine ganz junge Frau dar mit schönem, zartem Antlitz, schwarzem, einfach gescheiteltem Haar, ruhiger Stirn und großen, traurig und müde blickenden braunen Augen.

Ein Herr, der neben Günther stand, blätterte in dem Katalog.

„Wollen Sie mir gefälligst sagen, wen das Bild darstellt?" fragte Günther.

Der Herr schlug die Nummer auf und antwortete höflich:

„‚Carolus Duran: Porträt einer Dame‘, Name nicht genannt. — Wohl eine Spanierin?" fuhr er fort. „Eine sehr schöne Person!"

„Ich danke verbindlichst," sagte Günther und ging weiter; aber der traurige Blick der müden braunen Augen verfolgte ihn. Die andern Bilder ließen ihn gleichgültig, und nach einer kleinen Weile kehrte er auf den Platz vor dem Porträt der Unbekannten zurück, an dem er sich nicht satt sehen konnte.

Da klopfte ihm jemand auf die Schulter. Günther wandte sich schnell um. Vor ihm stand ein junger, stutzerhaft gekleideter Mann. Die beiden begrüßten sich wie gute Bekannte.

„Nun, wie gefällt sie Ihnen?" fragte der Neuangekommene, der Vicomte Gaston de Dessieux, ein kümmerliches Männchen von fünfundzwanzig Jahren, welches das Aussehen hatte, als ob es schon sechzig Jahre gelebt hätte.

„Wer?" fragte Günther.

„Wer? Mann! Die Marquise natürlich!"

„Welche Marquise?"

Oh, über die Verstocktheit! Die schöne Marquise!" und er zeigte mit dem Finger nach dem Bilde, das Günther betrachtet hatte.

„Sie kennen sie?" fragte Günther.

„Nun, aber selbstverständlich! Wer kennt die schöne Marquise nicht?"

„Ich zum Beispiel."

„Sie sind kein Beispiel, Sie konstatieren einen Ausnahmefall, den nur Ihre Eigenschaft als Eingewanderter aus fernen Erdenzonen erklären kann."

„Entschuldigen Sie meine Unwissenheit," sagte Günther gutmütig, „und erzählen Sie mir, wer die schöne Frau ist."

Dessieux erzählte darauf in der läppisch-zynischen Weise, welche die „Petits crevés" des zweiten Kaiserreichs kennzeichnete, die Marquise sei eine Italienerin, Fürstin von Geburt, aus einer uralten, früher mächtigen Familie; aber das prinzliche Haus sei verarmt, und die Söhne und Töchter desselben pflegten deshalb auf reiche Heiraten auszugehen. Infolge dieser Eigentümlichkeit sei Irene als Achtzehnjährige die Frau des alten Marquis Brô de Verdière geworden, der die Liebenswürdigkeit gehabt habe, die Schöne schon nach dreijähriger, kinderloser Ehe durch seinen Tod wieder von sich zu befreien; darauf sei die Mutter aus den Abruzzen herbeigeeilt, um die verwitwete reiche Tochter zu trösten; sie habe zwei noch nicht „placierte" jüngere Schwestern von Irenen mitgebracht. Die vier lebten seitdem — seit drei Jahren — innig vereint und

machten ein großes Haus, in dem es recht eigentümlich
herginge.

„Wieso geht es dort eigentümlich her?" fragte
Günther.

„Ja, davon machen Sie sich keine Idee, mein
Lieber! — Es herrscht im Hotel Brô eine vorsintflut-
liche, patriarchalische Wirtschaft — ohne Patriarchen.
Zunächst finden Sie dort stets vier bis fünf schwarz-
äugige, schwarzbärtige, zurückhaltende Italiener:
Brüder, Onkel, Vettern und Neffen der Principessa,
der Mutter Irenens — die nur selten ein Wort sagen,
aber denen man ansieht, daß sie zur Familie gehören,
und die sich im Hotel Brô vollständig zu Hause fühlen;
sodann hat Madame Irene einen Sekretär, einen
Landsmann von Ihnen, wenn ich nicht irre, auf den
sie große Stücke zu halten scheint und mit dem sie
sich, unbekümmert um die übrigen Gäste, in einer
fremden Sprache halblaut zu unterhalten pflegt; mit
andern als mit der Marquise ist der Sekretär ebenso
still und verschlossen wie die Italiener. Ich habe noch
keine zehn Worte mit ihm gewechselt, obgleich ich oft
ins Haus komme. Er ist ein Mann von vierzig bis
siebzig Jahren, grundhäßlich, aber nicht antipathisch
— ganz ordentlich angezogen, was sich von den italienischen Gästen nicht immer sagen läßt. Sodann
schweben noch zwei oder drei ehrbare, ältere junge
Damen im Hause umher, die ich für Vorleserinnen,
Gouvernanten und ähnliche unglückliche Geschöpfe halte.
Sie erscheinen stets mit bei Tische, so daß der kleinste
Kreis, den man dort antrifft, ein volles Dutzend Mitglieder zählt. Alles dies lebt wortkarg, aber nicht
unfreundlich nebeneinander her. Auf mich macht das
Ganze den Eindruck eines mittelalterlichen, kleinen
fürstlichen Hofes. — Die Leute gehen wenig aus,
höchstens trifft man die Damen einmal beim Erz-

bischof oder beim Nunzius oder in einem ganz exklu-
siven Salon des Faubourg; aber sie sind in eigentümlicher Weise gastfreundlich: wenn man einmal der
Marquise oder der Principessa vorgestellt worden ist,
so kann man, wenn es einem gefällt, jeden Tag bei
ihnen erscheinen und auch zu jeder vernünftigen
Stunde, die Mahlzeiten mit inbegriffen. Nur darf
man nicht erwarten, daß einem besondere Aufmerksamkeit geschenkt werde. Man wird mit einem feier-
lichen: ,Sie sind willkommen!' begrüßt, und man fühlt
auch sofort, daß man niemand stört — aber das ist
alles. Die Wirte erwarten augenscheinlich gar keine
Aufmerksamkeit von Ihnen; aber sie bekümmern sich
auch nicht um Sie. Wollen Sie sich unterhalten, so
finden Sie schon irgend jemand, der Ihnen zuzuhören
scheint, während Sie sprechen, und hier und da einige
höfliche Worte erwidert. Wollen Sie aber nicht
sprechen und genügt es Ihnen, die schöne Marquise
und ihre hübschen Schwestern zu betrachten, so können
Sie sich diesem stillen Vergnügen stundenlang hingeben,
ohne daß man Sie darin stören wird. Ich verkehre
nun seit nahe an zwei Jahren im Hotel Brô und stehe
noch heute genau auf demselben Standpunkte wie am
Tage meines ersten Besuches. Die Marquise mag sich
jetzt undeutlich Rechenschaft davon ablegen, wer ich
bin, denn ich treffe sie manchmal bei meiner alten
Tante Verneuil, die mich nie anders als: ,Mein lieber
Neffe!' anredet; aber ich bin überzeugt, daß die
Prinzessin nicht einmal weiß, wie ich heiße. D'Estompière, der seit einigen Monaten häufig bei der Marquise
erscheint — ich glaube, er hat sich in eine der Schwestern
verliebt — und den die Prinzessin vor uns andern
auszeichnet, weil sie in ihm eine gute Partie wittern
mag, erzählte mir — um mich zu ärgern, was ihm
aber nicht gelang — sie habe sich, als er einmal mit

ihr von mir gesprochen, beim besten Willen nicht darauf besinnen können, wer ich sei.

„Es besucht uns so mancher, der willkommen ist, wenn er erscheint,' hatte sie gesagt, ,aber wer kann sie alle kennen? Das ist ja auch gar nicht nötig.'"

„Wäre es möglich, der Marquise vorgestellt zu werden?" fragte Günther schüchtern.

„Ich kann Sie einführen und tue es mit Vergnügen," antwortete der junge Mann mit dem alten Gesichte, „heute ... gleich ... wann Sie wollen."

„Das nehme ich mit Dank an," antwortete Günther. „Geben Sie mir irgendwo um fünf Uhr Rendezvous; dann hole ich Sie ab, und Sie führen mich zur Marquise."

„Abgemacht! Wir treffen uns um fünf Uhr im Klub!"

Darauf trennten sich die beiden. Dessieux eilte davon, denn er erinnerte sich plötzlich, daß er zu einem Frühstück eingeladen sei; Günther verweilte noch einige Zeit in der Ausstellung und ging dann nach Hause.

Ein Viertel vor fünf Uhr war er im Klub. Dessieux war noch nicht erschienen. Während Günther auf ihn wartete, unterhielt er sich mit einigen andern Bekannten, in der Absicht, von diesen noch etwas Genaues über die Marquise zu erfahren. Im wesentlichen wurde ihm Dessieux' Bericht bestätigt. Jedermann schien die Marquise oberflächlich zu kennen, niemand maßte sich das Recht an, sich freundschaftlicher Beziehungen zu ihr zu rühmen.

„Sie behandelt alle Welt von oben herab, gleich gut und gleich schlecht," sagte der junge Lizière, eines der hoffnungsvollsten Pflänzchen des Pariser Modegartens. „Ich habe darauf verzichtet, von ihr ausgezeichnet zu werden, denn es gibt nur ein Mittel, ihr zu gefallen, und ich verfüge nicht darüber."

„Welches Mittel?" fragte Günther.

„Ich habe sie einmal in der Oper gesehen," fuhr Lizière fort, „es wurde gerade recht gut gespielt und gesungen. Da saß sie wie verzückt! Ich bin überzeugt, daß ich mich schon mit ihr befreunden würde, wenn ich mit ihr singen oder spielen könnte. Der komische alte Herr, der immer bei ihr ist, der deutsche Sekretär, ist ein Geigenspieler allerersten Ranges, und die Marquise spielt wunderbar Klavier. Die beiden sollen des Abends, wenn alle Gäste verschwunden sind, noch stundenlang miteinander musizieren. Ich weiß nicht, wer mir das gesagt hat, aber es war eine ganz zuverlässige Person. Seitdem bin ich nicht wieder ins Hotel Brô gegangen, denn ich darf ohne Selbstüberschätzung von mir sagen, daß ich zu den unmusikalischsten Männern der Gegenwart gehöre. Als solcher muß ich aber auf die bescheidensten Erfolge bei der Marquise verzichten; und sie nur betrachten dürfen, ohne auch nur ihre Augen auf sich zu lenken, ist ja in der Tat eine reine Freude, aber sie wird mit der Zeit zu einem etwas gar zu monotonen Vergnügen. Für mich hat dasselbe keinen Reiz mehr."

Bald nach fünf Uhr meldete ein Klubdiener, der Herr Vicomte Dessieux warte unten im Wagen auf den Herrn Baron von Wildhagen.

*

Seitdem waren vier Wochen vergangen, Günther war ein täglicher Gast im Hotel Brô und hatte keinen andern Gedanken mehr als an die schöne Marquise. Diese schien davon kaum etwas zu bemerken und sich jedenfalls gar nicht darum zu bekümmern. Doch war es Günther gelungen, sich einigermaßen vor den andern Gästen auszuzeichnen; aber dies verdankte er weniger seiner Persönlichkeit als dem Umstande, daß Irene an seiner Musik ein gewisses Vergnügen zu finden schien. Günther spielte nämlich Klavier — ohne hervorragende Fertigkeit, aber mit gutem Verständnis und ohne je zu versuchen, technische Schwierigkeiten zu überwinden, denen sein Können nicht gewachsen war. Daher waren seine einfachen Vorträge gewissermaßen vollkommen in ihrer Art und wohl geeignet, jedem Musikliebhaber Freude zu machen. — Er hatte sich eines Abends, während die Marquise im Nebenzimmer in einer Revue blätterte, an das offene Klavier gesetzt und angefangen zu spielen. Der alte Sekretär Wendt war zu ihm getreten.

„Sie spielen ja Klavier!“

„Ein bißchen, wie Sie sehen.“

„Nein, ganz hübsch!“

„Freut mich, wenn es Ihnen gefällt!“

Sodann hatte Wendt nach kurzem Lauschen verschiedene Lieder genannt, die Günther in einfacher, ansprechender Art vorgetragen, und gleich darauf hatte der Alte eine Geige geholt und, von Günther begleitet, eine hübsche Weise nach der andern gespielt.

Als Günther sich erhob, sah er, daß die Marquise aus dem Nebenzimmer in die Tür getreten war und der Musik zugehört hatte. Sie sagte kein Wort, als Günther an ihr vorüberging; aber am nächsten Tage nach dem Essen forderte sie ihn auf, ihr etwas vorzuspielen. — Günther ließ sich nicht bitten.

„Was befehlen Sie?“

„Spielen Sie nur wie gestern: was Ihnen gerade einfällt.“

Sie setzte sich neben ihn, so daß er ihr Gesicht nur sehen konnte, wenn er sich nach ihr umwandte; aber er fühlte, daß ihre Augen auf ihm ruhten, und empfand eine tiefe innere Bewegung. Sein Anschlag wurde weicher und schöner; und als er in vollen, sanften

Akkorden ein altes, trauriges Lied aus seiner Heimat anstimmte, da begann er, gewissermaßen unbewußt, die Worte dazu mit gedämpfter Stimme mitzusingen. Sie beugte sich vor und sah auf seine Finger und dann auf seinen halbgeöffneten Mund, und als er geendet hatte, sagte sie leise:

„Spielen Sie das noch einmal; aber sprechen Sie die Worte deutlicher aus."

Er tat ohne weiteres, wie sie ihn geheißen hatte. Als das Lied zu Ende war, wurde es still. Er schaute auf die Tasten, während ihre Augen auf seinem Gesichte ruhten. — Aus dem Nebenzimmer hörte man die Stimme des Vicomte Dessieux, der eine Geschichte zu erzählen schien, denn er sprach fließend, ohne von andern unterbrochen zu werden. Als er schwieg, vernahm man das helle, junge Lachen einer der Schwestern, die neben ihm saß.

Im Park, zu dem die Fenster des Musikzimmers weit geöffnet waren, rauschten die Bäume und schlug eine Nachtigall.

Günther wandte sich zu Irene und sah freundlich und wehmütig in die tiefen dunkeln Augen. Ihr Blick blieb teilnahmlos. Sie erhob sich langsam und trat an das Fenster; er fühlte sich ihr nachgezogen und folgte ihr. Sie hatte die rechte Hand auf das Fensterbrett gelegt, und ihre Augen ruhten auf den alten Bäumen, deren Blätter im Lichte des Mondes bläulich-silbern erzitterten. Sie atmete einmal tief auf, und es klang beinahe wie ein leiser Seufzer. — Da füllte sich Günthers Herz zum Zerspringen, mit Wehmut, namenlosem Sehnen nach fernem, kaum erreichbarem Glück und mit Mitleiden mit der schönen jungen Frau, deren Leben ihm plötzlich wie ein trostlos freudenleeres erschien. Es war ihm, als wären die Schranken, die ihn von Irene ferngehalten hatten, plötzlich ver-

schwunden. Er fühlte sich ihr nahegerückt, und er tat
etwas, dessen er sich eine Minute vorher nicht für fähig
gehalten haben würde; er streichelte zutraulich zärtlich
die kleine, weiße Hand, mit der sie sich aufstützte, und
murmelte: „Arme Irene!"

Sie blickte ihn befremdet, aber nicht unfreundlich
an, schüttelte leise das Haupt und lächelte kaum
merklich.

Ihm stieg das Blut ins Gesicht; er fühlte sich tief
beschämt und stammelte: „Verzeihung, gnädige Frau!"
Sie schien das Ungebührliche seines Benehmens gar
nicht bemerken zu wollen, und nach einer kurzen Pause,
während der seine Verlegenheit sich bis zum höchsten
Grade gesteigert hatte, richtete sie Fragen an ihn, als
habe sie ihn soeben erst kennen gelernt und nehme
Anteil an seinem Schicksal.

„Wie lange sind Sie schon in Paris?"

„Seit drei Monaten." Er atmete erleichtert auf.
Der Sturm, den er einen Augenblick gefürchtet, hatte
ihn nicht vernichtet, war gar nicht ausgebrochen.

„Und wie lange werden Sie hierbleiben? fuhr
sie fort.

„Meine Absicht war, zu Anfang nächsten Monats
nach Deutschland zurückzukehren."

„So früh schon? — Woher kommen Sie eigentlich?"

„Aus einem kalten Lande an der Nordsee."

„Ist es dort schön?"

„O ja," antwortete Günther leuchtenden Auges.
„Unsre alten Wälder sind wunderbar schön, und so ist
unser großes, graues Meer."

„Dunkle Wälder, ein eisiges Meer und ein farb-
loser, niedriger Himmel," sagte Irene leise vor sich hin.
Sie sog die laue Abendluft in tiefen Zügen ein, und
mit der Hand eine weite Bewegung machend und
auf den Park zu ihren Füßen deutend, setzte sie hinzu:

21

„Unsre Bäume sind auch schön, und unsre Luft ist mild und unser Himmel blau."

Günther stand eine Minute sinnend da, dann fragte er leise:

„Und sind Sie hier glücklich?"

Sie wandte sich wieder zu ihm mit demselben eigentümlichen Ausdruck verwunderter, lächelnder Überlegenheit, mit dem sie ihn kurz vorher angeblickt hatte, und er empfand dies wie eine tiefe Demütigung. Er war an gute Behandlung gewöhnt. Es kränkte ihn, schlecht behandelt zu werden, verhöhnt, wie er glaubte. Er wollte sich das nicht gefallen lassen. Er trat zurück, nahm seinen Hut und ging, ohne sich verabschiedet zu haben, was übrigens bei den im Hotel Brô herrschenden Gebräuchen weiter nichts Auffälliges hatte.

Irene war am Fenster stehengeblieben und hatte Günthers Verschwinden nicht bemerkt. Nach einigen Minuten wandte sie den Kopf und sagte im gewöhnlichen Gesprächstone:

„Herr von Wildhagen!" Erst als darauf keine Antwort erfolgte und sie, vom Fenster zurücktretend, ihre Blicke durch das Musikzimmer schweifen ließ, sah sie, daß dasselbe leer war. Darauf begab sie sich in das Empfangszimmer, in dem ihre Mutter und ihre Schwestern und einige Gäste versammelt waren. „Ist der Baron von Wildhagen gegangen?" fragte sie in gleichgültigem Tone.

„In diesem Augenblick, mein Kind," antwortete die alte Prinzessin, ihre Mutter.

Damit war die Sache erledigt.

Günther ging inzwischen in gereizter Stimmung die Champs Elysées hinunter. Er war mit sich und der Welt unzufrieden. — Weshalb hatte er der stolzen, kalten Frau einen Einblick in seine Gefühle gestattet,

ohne daß sie ihn im geringsten dazu ermutigt hatte?
— Wie sie seinen Versuch, sich ihr zu nähern, zurück=
gewiesen, wie sie ihn angeblickt, wie sie überlegen
gelächelt hatte! Es war ihm, als hätte sie zu ihm
gesprochen: „Naiver, junger Mann, woran denken
Sie eigentlich, was beabsichtigen Sie, was nehmen Sie
sich heraus?" Das sollte sie ihm nicht zweimal sagen.

„Ich reise morgen früh ab," sprach er vor sich
hin, „ich will sie nicht wieder sehen." Aber er wußte
sehr wohl, indem er dies sagte, daß er nicht abreisen,
daß er auch morgen und übermorgen und so fort, bis
er seine Abreise unter keinem Vorwande mehr hinaus=
schieben könne, versuchen werde, jeden Tag soviel wie
möglich mit Irene zusammenzusein.

Er war auf dem Place Vendôme angekommen,
auf dem sich sein Klub befand. Er trat hinein, um
dort den Rest des Abends zu verbringen, denn er
fühlte sich nicht aufgelegt, noch in eine Gesellschaft zu
gehen, und er wollte auch nicht mit seinen eignen
Gedanken, die ihn quälten, allein bleiben.

Im Spielzimmer war es wie gewöhnlich ziemlich
voll. An einem der Tische wurde Ekarté gespielt.
Die beiden, die dort, von einigen am Spiele betei=
ligten Zuschauern umringt, die Karten hielten, waren
Wildhagen persönlich bekannt. Der eine, ein älterer,
vornehm aussehender Herr mit weißem Haar, dunkeln
Augen, buschigen Brauen und glattrasiertem Gesichte,
war einer der italienischen Verwandten der Marquise,
die im Hotel Brô wohnten, der Prinz Andreas, ein
Onkel Irenens. Günther hatte ihn während der
letzten Wochen häufig angetroffen und sich auch manch=
mal, wenn ihn der Zufall an seine Seite führte, mit
ihm unterhalten. Der alte Italiener hatte auf Wild=
hagen den Eindruck eines zurückhaltenden, höflichen,
klugen Mannes gemacht.

Der zweite Spieler, ein Tunichtgut von etwa acht=
undzwanzig Jahren, war im Klub und in der Gesell=
schaft als der „schöne Olivier" bekannt. Man ge=
brauchte diesen Spitznamen nicht in seiner Gegenwart,
weil er sich dies bei der ersten Gelegenheit entschieden
verbeten hatte, aber wenn man von ihm sprach, so
hieß er immer der „schöne Olivier". Sein Name war
Olivier de Raynaud. Er galt als der mutmaßliche
Erbe eines sehr reichen Vaters und hatte sich darauf=
hin im Verlauf weniger Jahre, trotz der reichlichen
Pension, die ihm sein Vater gewährte, eine schwere
Schuldenlast aufgebürdet. Er war groß, schlank, blond,
mit klaren, hervorstehenden blauen Augen, guten
Zähnen, wohlgepflegten Händen und kleinen Füßen
— in der Tat ein bildhübscher Mensch, mit lauter,
knarrender Stimme und dreisten, schlechten Manieren,
die vielen jüngeren Mitgliedern des Klubs imponierten
und die älteren Herren von ihm fernhielten. Bei
Damen, namentlich bei denen der Halbwelt, hatte er
sich in seinem jungen Leben schon großer Erfolge zu
erfreuen gehabt. Er hatte diesen gegenüber die Hal=
tung eines siegesgewissen Cäsar: „Ich komme, ich sehe,
ich siege!" Er spielte nicht regelmäßig, aber leiden=
schaftlich, und er setzte sich gewöhnlich nur an den
Spieltisch, wenn er in Geldverlegenheit war. Er hatte
den wohlverdienten Ruf eines unliebenswürdigen
Spielers; höhnend, wenn er gewann, zanksüchtig,
wenn er verlor. Diejenigen, die ihn von dieser Seite
kannten, vermieden es, mit ihm zu spielen; aber sie
konnten ihm nicht immer aus dem Wege gehen, ohne
durch eine Ablehnung zu verletzen. So war er an
jenem Abend durch das Los der Karten der Gegner
des alten italienischen Principe geworden.

Raynaud war im Verlust und sehr schlechter Laune.
Er warf beim Geben und Ausspielen die Karten mit

rücksichtsloser Nachlässigkeit auf den Tisch; er stieß höhnische Rufe aus, wenn sein Gegner gute, er selbst schlechte Karten bekam. Seine zornigen Blicke schweiften auf seine Umgebung, als suche er jemand, an dem er seinen Unmut auslassen könnte; und alles dies machte an jenem Abend einen um so ungünstigeren Eindruck, als es mit der vornehmen Ruhe des alten Italieners, in dessen Gesicht sich keine Muskel bewegte und der die Karten langsam und geräuschlos verteilte, aufnahm und ausspielte, in vollständigem Widerspruch stand; doch konnte man an dem fest zusammengekniffenen Munde des alten Herrn bemerken, daß er eine gewisse Anstrengung machte, um sich nicht von den schlechten Manieren seines Gegners unangenehm berührt zu zeigen.

Der schöne Olivier hatte die Vorhand.

„Karten!"

„Wieviel?" fragte der Italiener.

„Vier!"

„S'il vous plaît," sagte Prinz Andreas leise, doch vernehmbar, indem er Raynaud vier frische Karten gab.

„Nochmals!"

„Bedaure lebhaft; bitte zu spielen!"

Der schöne Olivier verlor einen Point.

Er hatte nun zu geben. Er schlug das Paket Karten auf den Tisch, so daß es laut schallte. Der Italiener nahm langsam ab und machte dabei eine leichte Verbeugung, die der andre nicht erwiderte. Raynaud warf ihm beim Geben die Karten mit solcher Heftigkeit zu, daß eine derselben auf dem glatten Tisch weiterglitt und zu Boden fiel. Der Italiener blieb unbeweglich sitzen.

„Ich habe nur vier Karten," sagte er nach einer kurzen Pause.

„Eine ist heruntergefallen."

Der Italiener rührte sich nicht.

Ein Herr, der bei ihm saß, bückte sich, um die Karte aufzuheben.

„Ich bitte gehorsamst," sagte der Italiener höflich, aber bestimmt. „Herr de Raynaud oder ein Diener hat die Karte aufzuheben."

„Diener!" schrie der schöne Olivier wütend.

Einer der Klubdiener eilte herbei, hob die Karte auf und legte sie verdeckt zu den andern Karten des Prinzen.

Dieser hatte den Mund wieder fest zusammengekniffen und die schmale Unterlippe dabei etwas über die Oberlippe gezogen, was ihm ein unfreundliches Ansehen gab, auch zitterten seine hageren weißen Hände etwas, als er das Spiel langsam aufnahm.

„Ich bitte um Karten," sagte er leise.

„Spielen Sie!"

Der Prinz machte eine kurze Bewegung, aber er hielt sich noch immer zurück und sprach kein Wort. Er gewann und legte zwei Points an. Er stand jetzt auf vier, sein Gegner auf nichts.

„Karten!"

„S'il vous plaît," sagte der Prinz gedehnt.

„Wie?"

„S'il vous plaît!"

„Verstehe nicht!"

Darauf erwiderte der Prinz nichts.

Die Partie wurde zu Ende gespielt. Der Italiener hatte gewonnen. Raynaud erhob sich wütend, um nach den Regeln der Partie einem andern Platz zu machen, während der Prinz, als der Gewinnende, sitzenblieb. Währenddem die Karten gemischt wurden, stand Raynaud mit zusammengezogenen Augenbrauen, finstere Blicke um sich werfend, dem Prinzen gegenüber. Plötzlich sagte er laut:

„Was sollte das eigentlich bedeuten, daß Sie vorhin Ihr ‚s'il vous plaît‘ zweimal wiederholten?"

Der Italiener tat, als hörte er nicht."

„Ich spreche mit Ihnen, mein Prinz!"

Da hob der Italiener, ohne den Kopf zu bewegen, die dunkeln Augen und blickte den schönen Olivier fest an; dann sagte er ruhig:

„Es gefällt mir nicht, mich mit Ihnen zu unterhalten."

„Ihr Alter schützt Sie davor, daß ich für diese Ungehörigkeit Rechenschaft von Ihnen fordere."

„Ich fühle mich nicht zu alt, um für alles, was ich tue und sage, Rechenschaft zu geben," sagte der Prinz lächelnd; aber er war kreideweiß geworden.

„Mehrere Klubmitglieder drängten sich um Raynaud. „Sind Sie bei Sinnen? Was wollen Sie tun? Kommen Sie!" und man nötigte ihn, in ein Nebenzimmer zu treten. Von dort aus vernahm man am Spieltisch seine laute, knarrende Stimme und sein erzwungenes Lachen. Aber plötzlich verstummte beides.

Günther, der dem ganzen Auftritt beigewohnt hatte, war dem schönen Olivier in das Nebenzimmer gefolgt. Es zuckte in ihm, er empfand die Unhöflichkeiten, unter denen Irenens Onkel zu leiden gehabt hatte, wie eine ihm persönlich zugefügte Beleidigung. Er drängte sich an Raynaud heran, stellte sich vor ihm auf und sagte laut:

„Ich bedaure lebhaft, daß ich es nicht war, der Ihnen soeben gegenübersaß."

„Weshalb?" fragte der schöne Olivier gereizt.

„Damit Ihnen sofort in deutlichster Form eine verdiente Zurechtweisung zuteil geworden wäre!"

Raynaud verstummte eine Sekunde, wurde weiß und rot, aber sammelte sich schnell und sagte in höflicherem, leiserem Tone:

„Sie werden für diese Unart sofort um Verzeihung bitten!"

„Das glauben Sie selbst nicht," antwortete Günther lächelnd. Er war plötzlich ruhig und mit sich zufrieden geworden.

Darauf wandte sich der schöne Olivier kurz und herrisch ab. Wildhagen tat ein gleiches und trat wieder in das Spielzimmer, wo der Italiener soeben eine Partie verloren und sich vom Spieltisch erhoben hatte. Günther wünschte, ohne sich klarzumachen, weshalb, der Prinz möge von seinem, Günthers, Streit mit Raynaud, an jenem Abend wenigstens, nichts erfahren; er bot ihm deshalb an, ihn nach Hause zu begleiten, was der Prinz höflich dankend annahm. Das Wetter war schön, und sie machten den Weg vom Place Vendôme nach der Rue Billault, wo das Hotel Brô gelegen war, zu Fuß.

Als sie dort angekommen waren, sah der Prinz nach der Uhr.

„Treten Sie herein und trinken Sie eine Tasse Tee mit uns," sagte er freundlich.

„Ist es nicht zu spät?"

„Durchaus nicht, kommen Sie nur, ich übernehme die Verantwortlichkeit!"

Günther ließ sich nicht lange bitten. Die Marquise war noch im Empfangszimmer. Sie beantwortete seinen etwas verlegenen Gruß durch ein langsames Senken der Augenlider und fuhr fort, in einem Buche zu lesen, das vor ihr auf dem Tische lag. Günther bereute schon wieder, noch einmal eingetreten zu sein, und nach wenigen Minuten nahm er seinen Hut, um sich zu entfernen. Niemand machte den Versuch, ihn zurückzuhalten, aber diesmal nahm er Abschied von der Marquise und berührte die kleine, kalte Hand, die sie ihm nachlässig hinreichte, mit seinen Lippen.

Der alte Prinz begleitete ihn bis zur Tür und drückte ihm herzlich die Hand zum Abschied.

„Ein wohlerzogener junger Mann!" sagte er, als er an den Tisch zurücktrat.

Die Marquise las ruhig weiter. Ihre Mutter hatte die Augen geschlossen und schien zu schlafen. Der alte Wendt, der Sekretär der Marquise, nickte dem Prinzen zustimmend zu.

Günther nahm eine Droschke, die er an der Ecke der Straße fand, und fuhr nach dem Klub zurück. Wie er erwartet hatte, wurde er dort von einem Freunde Oliviers empfangen, der ihn bat, ihm die Herren zu nennen, mit denen er sich im Auftrage seines Freundes, des Herrn de Raynaud, wegen des kurz vorhergegangenen Auftritts in Verbindung setzen könnte.

Günther, der viele Bekannte im Klub hatte, mit denen er auf gutem Fuße stand, sah sich um und erblickte den kleinen Dessieux.

„Ich bitte Sie, sich einen Augenblick zu gedulden," sagte er höflich, „ich hoffe, Ihnen sogleich Bescheid geben zu können!"

Darauf nahm er Dessieux beiseite und unterhielt sich einige Minuten mit ihm. Nachdem die kurze Unterhaltung beendet war, näherte sich Dessieux in feierlicher Weise dem Freunde des schönen Olivier, und beide traten in ein Nebenzimmer, in dem sie längere Zeit in eifriger, mit halblauter Stimme geführter Unterredung blieben.

Bereits am nächsten Morgen zu früher Stunde fand das Duell zwischen Wildhagen und Raynaud im Forst von Bondy statt. Günther wurde im zweiten Gange durch einen Stich in die rechte Schulter, der ihm eine ungefährliche, aber tiefe Wunde beibrachte, außer stand gesetzt, den Kampf

29

fortzuſetzen — und damit endete der Zweikampf zur
Befriedigung aller Beteiligten — auch des Verwundeten.

Als dieſer, die Wunde verbunden, zwei Stunden
ſpäter in ſeinem Zimmer ſaß, quälte ihn nur der
eine Gedanke, wie er ſich mit dem Arm in der Binde
bei der Marquiſe vorſtellen ſollte, ohne daß es den
Anſchein habe, als wolle er ſich intereſſant machen.
Aber noch ehe er ſich klar darüber geworden war, wie
er ſich benehmen ſollte, wurde er müde. Er hatte
in der vergangenen Nacht nur wenig geſchlafen und
war ungewöhnlich früh aufgeſtanden. Er warf ſich
angekleidet auf das Bett und verſank in einen langen,
tiefen Schlaf, aus dem er erſt im Laufe des Nachmittags, leiſe fröſtelnd, erwachte. Die Wunde ſchmerzte
ihn, er fühlte ſich unbeholfen, unbehaglich. Der Gedanke, daß er ſich umkleiden müßte, wenn er ausgehen ſollte, war ihm unangenehm. Er beſtellte ſich
Tee auf ſein Zimmer und blieb, nachdem er eine
Taſſe davon getrunken hatte, am offenen Fenſter
ſitzen. Er verſuchte zu leſen, aber bald wurde er
wieder müde und verſank in einen Halbſchlummer.
Da ſah er Jrenen vor ſich ſtehen, die ihn holdſelig
anlächelte, ſich mitleidig zu ihm neigte und ihre Hand
auf ſeine wunde Schulter legte. Die Berührung, ſo
leicht ſie war, ſo glücklich ſie ihn machte, ſchmerzte
ihn, und er ſtöhnte leiſe. Darüber erwachte er.

Gleich darauf wurde an ſein Zimmer geklopft.
Deſſieux trat herein, um ſich nach ſeinem Befinden
zu erkundigen. Günther antwortete, es ginge ihm
bis auf einen kleinen Schmerz in der Schulter ganz
wohl, und er ſchlage vor, daß ſie beide eine Spazier-
fahrt im Bois de Boulogne machten und dann zu-
ſammen äßen. Aber davon wollte Deſſieux nichts
hören. Der Arzt hätte ihm geſagt, Wildhagen müſſe

sich, wenn er seine Heilung beschleunigen wollte, wenigstens achtundvierzig Stunden lang ganz ruhig verhalten.

„Da sterbe ich vor Langeweile," sagte Günther; „ich bin nicht krank genug, um zu Hause zu bleiben, mir fehlt nichts. Solche Schmarren, wie ich da eine habe, tragen unsre Studenten dutzendweise mit sich herum und befinden sich dabei ganz wohl."

„Es handelt sich nicht um Schmarren; Sie haben eine ganz gehörige Stichwunde; und da ich als Ihr Sekundant eine gewisse Verantwortlichkeit für Ihr Befinden trage, so bestehe ich darauf, daß Sie zu Hause bleiben. Ich werde ein vernünftiges Mahl bestellen und es hier mit Ihnen verspeisen. Später gehe ich in den Klub, um zu hören, was man sich dort von Ihren Heldentaten erzählt, und gegen zehn Uhr komme ich dann noch einmal vor, um Ihnen Bericht zu erstatten; um elf Uhr müssen Sie ins Bett. Inzwischen werden Sie auch den Doktor noch einmal gesehen haben, so daß es Ihnen tatsächlich an Zeit fehlen wird, sich zu langweilen."

Günther fühlte sich nicht aufgelegt, mit Dessieux zu streiten und gab nach. Die beiden aßen um sechs Uhr zusammen, und um acht ging Dessieux in den Klub, aus dem er zwei Stunden später zurückkehrte. Er erzählte, daß alle Welt Partei für Wildhagen nehme, und man nur bedaure, daß dieser und nicht der schöne Olivier im Zweikampf den kürzern gezogen habe.

Am nächsten Morgen wurde bei Günther mit andern Karten und Briefen auch eine Karte des Prinzen Andreas, des Onkels Irenens, abgegeben. Ein Diener hatte sie gebracht und sich im Auftrage seiner Herrschaft nach dem Befinden des Kranken erkundigt. Später kam Wendt an und blieb wohl eine Stunde bei Günther sitzen. Dieser erfuhr, daß man im Hotel Brô die Geschichte des Duells ganz genau kannte; aber Wendt schwieg darüber, ob und wie sich die Marquise bei dieser Gelegenheit geäußert hatte, und Wildhagen wagte nicht, ihn danach zu fragen.

Gegen vier Uhr nachmittags, als Günther wie am vorigen Tage müde und verdrießlich am Fenster saß, hörte er, daß ein Wagen vor der Tür des Hauses anhielt. Er blickte hinunter und erkannte die Livree und die Equipage der Marquise. Er sprang auf und trat vor den Spiegel, um zu sehen, ob sein Anzug ihm gestattete, eine Dame zu empfangen. Sein Gesicht war gerötet und seine Augen leuchteten. Als gleich darauf angeklopft wurde, eilte er in großer Aufregung an die Tür, um diese zu öffnen; aber statt des erwarteten Besuches erblickte er den baum-langen Diener der Marquise, der sich im Auftrage seiner Herrin und des Prinzen, die unten im Wagen saßen, nach dem Befinden des Herrn Baron von Wild-hagen erkundigte. — Das war, als hätte man ihn mit kaltem Wasser begossen. Er ließ für die Nach-frage danken und sagte, es ginge ihm gut; dann trat er langsam wieder an das Fenster, bitter lächelnd über seine Schwäche, die den Gedanken in ihm hatte aufkommen lassen, die Marquise werde sich herablassen, ihm in eigner Person einen Besuch abzustatten. Das war einmal wieder recht töricht gewesen, wie alles in seinem Denken und Tun der stolzen, schönen Frau gegenüber. Da saß sie im offenen Wagen neben dem Prinzen. Es hätte nur einer Wendung ihres Hauptes, eines Blickes ihrer Augen bedurft, um ihn zu sehen — aber sie rührte sich nicht.

„Sobald ich reisen kann, verlasse ich Paris," sagte Günther vor sich hin.

Vor fünf Minuten hatte er nicht daran gedacht, daß ihn die Marquise besuchen würde; jetzt empfand er ihr Nichterscheinen wie eine unverdiente Kränkung.

Dessieux, der zur Essenszeit wieder eintrat, fand ihn einsilbig und verdrießlich. Er schob dies auf Günthers Gesundheitszustand.

„Halten Sie es nur noch vierundzwanzig Stunden aus," sagte er. „Morgen hole ich Sie um fünf Uhr zur Promenade ab. Der Doktor hat es erlaubt."

*

Am nächsten Abend um neun Uhr begab sich Günther nach dem Hotel Brô, nachdem er sich im Laufe des Nachmittags verschiedene Male wiederholt hatte, er werde Paris verlassen, ohne Irenen noch einmal gesehen zu haben. Der Portier sagte ihm, die Herrschaften seien sämtlich nach der Oper gefahren, aber die Frau Marquise habe ihr Coupé schon um zehn Uhr befohlen, und er nehme an, sie werde frühzeitig nach Hause zurückkehren. Günther stand eine kleine Weile, erwägend, ob er gehen oder bleiben sollte, dann entschloß er sich für letzteres. — Das große Empfangszimmer stand leer, sämtliche Fenster waren weit geöffnet. Das öde Gemach kam ihm befremdlich vor. Ein Diener trat herein, um den gastfreundlichen Sitten des Hauses gemäß zu fragen, ob der Herr Baron etwas befehle. Günther dankte. Darauf schraubte der Diener die matt brennenden Lampen in die Höhe, legte die Abendzeitungen auf den kleinen Tisch neben dem Sessel, den Günther eingenommen hatte, und entfernte sich wieder. Dann wurde es ganz still.

Günther nahm eine Zeitung auf, aber er fand es beschwerlich, das große Blatt mit der linken Hand aufzumachen, und legte es sogleich wieder nieder.

Er begab sich ins anstoßende Musikzimmer und trat dort an das Fenster.

Da hatte die Marquise gestanden, als er es gewagt, ihre Hand liebkosend zu berühren und sie zu fragen, ob sie glücklich sei. Sie hatte dazu gelächelt!

„Ich will lieber gehen," sagte er sich. „Was habe ich hier zu suchen?"

Er ließ sich auf einen Sessel nieder, der am Fenster stand, und blickte eine Weile nach den im Mondschein schimmernden alten Bäumen. Dann hob er die Augen und sah in den milde leuchtenden Stern, der hoch am wolkenlosen, schwarzblauen Himmel stand. Er lehnte sich in den Sessel zurück. Die Nachtigall begann wieder zu schlagen wie an jenem Abend, als er neben Irenen den langgezogenen, schluchzenden Tönen gelauscht hatte. Er schloß die Augen und öffnete sie wieder. Es war ihm, als zöge zwischen ihm und dem Mond ein unendlich langer Reigen seltsam verschlungener Nebelgestalten vor seinen Augen vorüber. Er versuchte, eine der stillen, sich windenden Gestalten festzuhalten, ihr eine bestimmte Form zu geben; aber alles drehte sich in abgerundeten Bewegungen, als folge es der Schlangenlinie einer endlosen Schraube. Die Gestalten verschwammen ineinander, wurden dann größer, klarer, durchsichtiger, bestimmter — entfernten sich, verschwanden ganz und gar, tauchten plötzlich wieder auf und zogen dahin in unendlichen Reigen, unerkenntlich, in unergründliche Fernen.

Plötzlich hörte Günther Geräusch wie von menschlichen Stimmen; dann vernahm er, daß ihn jemand bei Namen rief, in fragendem, zweifelndem Tone. Es war Irenens geliebte Stimme! Aber wie sollte Irene dazu kommen, ihn zu rufen? Er hatte sie ja soeben dahinziehen sehen, im Äther verschwimmend, mit all seinem Wünschen und Sehnen. — Wo befand er sich eigentlich? Am Meere? Zu Hause? — Nein, dort war es grau und kalt, und hier so warm, so licht und schön. — Leichte Fußtritte näherten sich, leise, kaum hörbar, doch vernahm er sie. Es wurde plötzlich dunkel. Wer stand zwischen ihm und dem Lichte? Er versuchte, die Augen zu öffnen. Die Lider waren von bleierner Schwere. Die Dunkelheit verschwand wieder, aber mit ihr auch die köstliche Wärme, die sein Herz gefüllt hatte. Er fuhr fröstelnd zusammen. — Da schlug aus weiter Ferne unendlich sanfte, traurige Musik an sein Ohr, alte Weisen aus seiner Heimat, seiner Kindheit; aber so klagend, ergreifend schön, wie er sie nie zuvor gehört hatte. — Die Töne gewannen an Kraft und Fülle; und jetzt hörte er eine klare, reine Silberstimme dazu singen.

Er schlug die Augen auf und blickte bestürzt um sich. Die Marquise, die, ihm den Rücken kehrend, am Klavier saß, spielte und sang dazu mit kaum vernehmbar leiser, feiner Stimme. Was mochte sie von ihm denken? Er fühlte sich beschämt. Er wollte sich unbemerkt erheben, aber der kranke Arm machte ihn ungeschickt in seinen Bewegungen, und die Marquise wandte sich nach ihm um.

„Ich hätte Sie ruhig weiterschlafen lassen," sagte sie freundlich, „aber es ist kühl geworden, und ich meinte, die Nachtluft könnte Ihnen schaden."

„Gnädige Frau!" murmelte Günther; „entschuldigen Sie . . ."

„Was soll ich entschuldigen?" fuhr sie in demselben freundlichen Tone fort; „daß Sie müde waren und eingeschlafen sind? — Das verzeihe ich Ihnen gern. Setzen Sie sich zu mir! Wendt hat mir das Lied aufgeschrieben, das Sie neulich sangen; ich will es Ihnen vorspielen."

Sie spielte das Lied noch einmal, das er im

Traume gehört und das ihn aus dem Schlafe geweckt hatte, dann trat sie mit ihm ins Empfangszimmer, das noch immer leer war. Sie erzählte ihm, ihre Mutter und ihre Schwestern hätten bis zum Schluß in der Oper bleiben wollen; sie sei früh nach Hause gefahren, weil sie dem Baron Neubauer versprochen habe, sie wolle ihn an jenem Abend erwarten.

„Dann will ich Sie nicht weiter stören," sagte Günther, sich erhebend.

Es war ihm bereits zu Ohren gekommen, daß Neubauer, einer der reichsten Pariser Bankiers, um die Gunst der Marquise werbe; aber abgesehen davon, war ihm sein Landsmann eine durchaus unsympathische Persönlichkeit. Neubauer gehörte zu jenen Deutschen, von denen bis zum Jahre 1871 viele Tausende von Exemplaren in der Welt umherliefen, die eifrigst bestrebt schienen, ihren Ursprung vergessen zu machen, und die sich etwas darauf einbildeten, für Franzosen, Engländer oder Amerikaner gehalten zu werden. — Der neugebackene Baron Neubauer war Günther schon häufig in der Gesellschaft und im Klub begegnet, noch ehe Günther im Hotel Brô eingeführt worden war. Der Millionär hatte seinem aristokratischen Landsmanne zunächst herablassendes Entgegenkommen gezeigt, ihn gewissermaßen protegieren wollen; aber er hatte bei Günther nicht die geringste Erkenntlichkeit für das ihm bezeugte Wohlwollen gefunden. Wildhagen empfand urwüchsige Antipathie gegenüber der vaterlandslosen Sippe, deren hervorragendstes Mitglied Neubauer in Paris war, und seine Haltung zeigte dies so deutlich, wie es mit den gesellschaftlichen Formen, die er unter allen Umständen zu beobachten bemüht war, vereint werden konnte. Neubauer hatte sich deshalb auch bald wieder von seinem unliebenswürdigen Landsmann abgewandt, den er, wenn er sich sicher fühlte, von ihm nicht gehört zu werden, als einen Typus des lächerlichen „Krautjunkers" bezeichnete. Er hatte seinen ehrlichen Namen „Gottfried Neubauer" in „Le Baron Godefroy de Neubaure" umgewandelt, und da er Rennpferde hielt, vorzügliche Diners gab, hoch spielte, mit Anstand verlor, wenn ihm das Glück ungünstig war, und sich stets bereit zeigte, jungen reichen Leuten über vorübergehende Geldverlegenheiten hinwegzuhelfen, so war es ihm gelungen, sich zu einer angesehenen Stellung in der Pariser Gesellschaft emporzuschwingen. Es war ganz erklärlich, daß Herr Neubauer sich in Paris wohl befand und daß er in Günther von Wildhagen, der die Lippen eigentümlich spitzte, wenn er den Bankier „Herr Baron" anredete, eine höchst unliebenswürdige Persönlichkeit erblickte. Neubauer war ein Mann von etwa vierzig Jahren, blond, mit angehender Glatze, mittlerer Größe, etwas schwerfällig, stets mit tadelloser, einfacher Eleganz gekleidet, der alles in allem nicht schlechter und nicht besser aussah als die Mehrzahl seiner Gesellschafts- und Altersgenossen; aber er hatte nichts Liebenswürdiges in seinem Äußern, er sah verschmitzt aus, und niemand würde ihn für gutmütig gehalten haben.

Seitdem Wildhagen in Erfahrung gebracht hatte, daß Neubauer, auf seine Millionen pochend, es wagte, sich um die Gunst der schönen Marquise zu bewerben, konnte er ihn nicht mehr ansehen, ohne Verdruß über sein behäbiges, hochmütiges Gesicht zu empfinden. Er meinte es deshalb auch aufrichtig, als er sich bei Nennung des Namens seines Rivalen erhob, um, wie er sagte, nicht zu stören; außerdem ärgerte er sich mehr, als er es eingestehen wollte, und als er es zu zeigen wagte, daß die Marquise, die im allgemeinen nur wenig Rücksicht auf andre Menschen nahm, frühzeitiger als gewöhnlich aus der Oper nach Hause gekommen war, um den Baron nicht zu verfehlen.

„Bitte, bleiben Sie, wenn Sie nichts Besseres vorhaben," sagte Irene, „Sie stören mich durchaus nicht; und ob Sie dem Baron angenehm oder unangenehm sind, ist mir gleichgültig. Ich habe ihn nicht aufgefordert, zu mir zu kommen."

Darauf erzählte sie mit der rücksichtslosen Gleichgültigkeit, die Günther schon bei verschiedenen Gelegenheiten an ihr bemerkt hatte, und die sie in seinen Augen manchmal als kalt und herzlos erscheinen ließ, Neubauer habe ihr gestern geschrieben und sie um die Erlaubnis gebeten, sie heute abend aufsuchen zu dürfen. Sie habe geglaubt, sie werde frei sein, und ihm geantwortet, sie wolle ihn um zehn Uhr zum Tee erwarten.

„Ich hätte es vergessen," setzte sie hinzu, „wenn Wendt, welcher sich unter anderm auch um meine Korrespondenz bekümmert, mich nicht bei Tische daran erinnert hätte. Ich bin übrigens neugierig, was Neubauer mir zu sagen hat."

Günther antwortete darauf nichts und blickte ernst vor sich hin. Sie warf einen forschenden Blick auf ihn, denselben Blick spöttischer Überlegenheit, dem er schon verschiedene Male auf ihrem Gesichte begegnet war und der ihn jedesmal verletzt hatte.

„Nun, Herr von Wildhagen, woran denken Sie?" fragte sie nach einer kurzen Pause.

„An allerlei Dinge!" antwortete er.

„Darf man sich ohne Indiskretion nach der Natur einiger davon erkundigen?"

Da blickte er sie mit seinen hellen Augen fest und traurig zugleich an.

„Sie wissen es ja," antwortete er entmutigt.

Sie errötete leicht und dann sagte sie, die nicht ausgesprochene Bemerkung Günthers beantwortend:

„Nein, das glaube ich nicht; nein, das wagt er nicht" — und nach einer kurzen Pause setzte sie hinzu: „Und nun bitte ich Sie, mich nicht mit ihm allein zu lassen. Nicht etwa, daß ich mich vor ihm fürchte — ach nein! — aber er würde mich langweilen."

Er stand hastig auf und ergriff ihre Hand und führte sie an seine Lippen. Ihr Blick war freundlich zutraulich, und sie erwiderte leise den Druck seiner Hand. Wenn Wildhagen noch einige Minuten länger mit Irenen allein geblieben wäre, so würde sich sein Schicksal wahrscheinlich schon an jenem Abend entschieden haben, denn ihm war das Herz so voll von Liebe, Hingebung, Erwartung, dem Wunsche, ein entscheidendes Wort von den Lippen der Geliebten zu hören, daß es ihm schwer geworden sein würde sein Geheimnis noch länger zu bewahren, Irenen nicht schon in jener Stunde das Geständnis seiner Liebe zu machen; aber der Gedanke, daß das Alleinsein mit der Geliebten jeden Augenblick durch den Eintritt Neubauers gestört werden, daß er nicht alles sagen könnte, was er sagen wollte, daß ein halbes Geständnis möglicherweise Mißverständnisse erzeugen würde — dies und ähnliches hielt die Worte, die ihm auf den Lippen schwebten, zurück. Er entfernte sich wieder von der Marquise und ließ sich auf seinem alten Platz an der andern Seite des Tisches nieder. Ihre Augen ruhten mit einem unverkennbaren Ausdruck von Wohlgefallen und Wohlwollen auf ihm. Sie hatte bei seinem Eintritt bemerkt, daß er den Arm in der Binde trug. Jetzt, da sie sein stilles, trauriges Gesicht betrachtete, rührte sie dies plötzlich.

„Wollen Sie mir nicht etwas vorspielen?" fragte sie.

Er deutete durch eine Kopfbewegung auf den kranken Arm und sagte, verlegen lächelnd:

„Ich kann es heute nicht."

„Ach ja!" sagte sie, „ich dachte nicht daran."

Sie hatte in der Tat nicht daran gedacht, obgleich sie ihn eine Sekunde vorher wegen seiner Verwundung bemitleidet hatte.

Dann will ich Ihnen einen andern Vorschlag machen," fuhr sie fort. „Wir wollen in den Garten gehen. Der langweilige Baron wird kommen, aber das soll uns vorläufig nicht stören." Sie klingelte. „Wenn der Baron Neubauer kommt," sagte sie dem eintretenden Diener, „so bitten Sie ihn, einen Augenblick zu warten, und melden Sie mir seine Ankunft. Ich bin im Garten."

Und damit stand sie auf und trat mit Günther auf den offenen Balkon, von dem eine breite Treppe von wenigen Stufen in den Garten führte.

Die beiden gingen stumm nebeneinander her, aber nur wenige Sekunden, dann vernahmen sie bereits die schnellen Tritte des Dieners.

„Der Herr Baron von Neubauer wartet im Empfangszimmer!"

„Der langweilige Mensch!" murmelte Irene vor sich hin.

Sie näherte sich zaudernden Schrittes dem Hause wieder. Unten an der Treppe blieb sie stehen und blickte träumerisch um sich.

„Es ist heute so schön hier im Freien." — Ihr Blick streifte Günthers Antlitz und blieb darauf haften, und die beiden jungen, schönen Menschen sahen sich lange und innig an. Sie deutete auf seinen kranken Arm, in welchem Zusammenhange, das wußte sie selbst nicht, dann reichte sie ihm die Hand und sagte zutraulich: „Wir sind gute Freunde," und gleich darauf stieg sie leichten Schrittes die Stufen empor und trat in das Empfangszimmer. Wildhagen folgte ihr.

Neubauer war sichtlich unangenehm überrascht,

als er die Marquise in Begleitung seines Rivalen erscheinen sah. Auch konnte er seine Fassung nicht sogleich wiedergewinnen. Es war für Wildhagen ein peinlicher Gedanke, daß Irene den verlegenen Baron mit der ihr eignen Rücksichtslosigkeit fragen könnte, warum er eine Zusammenkunft mit ihr erbeten hätte. Er wollte dem Baron nicht wohl, aber er konnte sich nicht an dessen großer Verlegenheit weiden. Er war jetzt beruhigt darüber, daß Irene einen etwaigen Antrag Neubauers zurückweisen würde; aber sie mochte das unter vier Augen mit ihm abmachen; er wollte nicht Zeuge der Niederlage seines Nebenbuhlers sein. Er sah, wie Irene den Kopf hob und ihren Blick auf Neubauer richtete. Es war ihm, als würde sie jetzt sagen: „Darf ich fragen, was mir die Ehre Ihres Besuches verschafft?" — Diese Frage und eine stammelnde Antwort darauf wollte Wildhagen nicht hören. Er begann zu sprechen, ohne zunächst zu wissen, was er eigentlich sagen wollte. Es lag ihm nur daran, Irenen in dem Augenblick nicht zu Worte kommen zu lassen. Diese schien seine Absicht zu verstehen, denn sie nickte ihm lächelnd zu und ging bereitwillig auf das von Wildhagen angeregte gleichgültige Gespräch ein; dabei blickte sie ihn, als sie sich von Neubauer unbeobachtet wähnen durfte, zutraulich und verständnisvoll an, als wollte sie sagen: „Wir verstehen uns; Sie sehen, ich helfe Ihnen." Wildhagen fühlte sich so glücklich, daß sogar sein Übelwollen gegen Neubauer schwand und sein Benehmen diesem gegenüber zuvorkommend und liebenswürdig wurde; aber der Herr Baron zeigte dafür keine Erkenntlichkeit; er wurde mit jeder Minute verdrießlicher, sprach bald kein Wort mehr, sondern sah ingrimmig vor sich hin oder warf finstere Blicke auf die beiden jungen Leute, deren glückliche Laune aus den leuchtenden Augen

strahlte und von den lächelnden Lippen zu lesen war
— und als plötzlich das Geräusch eines Wagens, der
vor dem Hotel Brô gehalten hatte, und weibliche
Stimmen auf der Treppe und im Vorzimmer ver=
kündeten, daß die Prinzessin mit ihren Töchtern
heimgekehrt sei, da ergriff der Baron seinen Hut und
— die Bewegung benützend, welche das Hereintreten
der Damen und ihrer Begleiter, der italienischen
Verwandten, verursachte — entfernte er sich, ohne
daß die andern, außer Günther und Irene, es bemerkt
hätten. Letztere aber lachte laut auf, als sich die Tür
leise hinter dem Baron geschlossen hatte, und wie ein
Kind, dem ein mutwilliger Streich gelungen ist, und
das dies dem vertrauten Spielgefährten mitteilt,
flüsterte sie Wildhagen zu: „Den hätten wir ordentlich
abgefertigt; der kommt so bald nicht wieder!" und dann
setzte sie ernster hinzu: „Ich habe wohl bemerkt, daß
Sie ihn zu schonen wünschten; er verdient es gar
nicht — aber Sie sind ein guter Mensch!" und dabei
reichte sie ihm die Hand und drückte die seine herzlich.

Von jenem Tag ab wurde das Verhältnis zwischen
Irenen und Günther mit jedem Tage zutraulicher und
inniger. Diese bekümmerte sich eigentlich nur noch
um ihn, sobald er sich bei ihr sehen ließ, und die
andern Gäste blieben sich selbst überlassen und waren
auf die Unterhaltung mit der alten Prinzessin und
ihren jungen Töchtern angewiesen. Irene legte sich
bei dieser Bevorzugung Günthers nicht den geringsten
Zwang auf, so daß es bald von allen Mitgliedern
des Hausstandes bemerkt wurde; außer dem alten
Wendt schien sich jedoch niemand darum zu kümmern.
Dieser aber verfolgte das junge Paar manchmal mit
sorgenvollen Blicken. Er hatte sich mit Günther bis
zu einem gewissen Grade befreundet, wenigstens war
es klar, daß die beiden sich gegenseitig wohlwollten.

— Eines Abends begleitete Wendt seinen Landsmann nach dessen Wohnung. Er war während des Weges schweigsam, und erst vor der Tür des von Günther bewohnten Hauses sagte er plötzlich: „Ich beobachte Sie seit geraumer Zeit, verehrter junger Freund — Sie spielen ein gefährliches Spiel."

Günther verstand sogleich, wovon der andre sprach doch fragte er:

„Was wollen Sie sagen?"

Wendt antwortete leise:

„Sie haben sich in die Marquise verliebt. Das war vorauszusehen . . . aber geben Sie sich keinen Hoffnungen hin . . . Sie würden sich nur Enttäuschungen aussetzen."

Günther blickte den Musiker fragend und verwirrt an.

„Ich kenne sie seit langer Zeit," fuhr Wendt nachdenklich fort; „Sie dürfen sich nicht einbilden, daß Sie sie verstehen. Sie ist ein eigentümliches Wesen. In Italien mag es viele geben, die ihr gleichen, in Deutschland habe ich keine Frau angetroffen, auch in deutschen Büchern nicht, die ihr ähnlich wären. Sie ist nicht bösartig, sie ist nicht kleinlich, aber sie ist auch nicht gutmütig. Sie ist hartherzig — sie hat gar kein Herz. Sie könnten ebensogut diesen Stein rühren wie sie. Sie hat eine ruhige Freude am Schönen und Großen, sie verachtet das Kleinliche; das Häßliche ist ihr widerwärtig; aber sie wartet, daß das eine oder das andre an sie herantrete, um sich dem Gefälligen zuzuneigen oder von dem Häßlichen abzuwenden: eins so ruhig und kalt wie das andre. Große Erregungen in Freud oder in Leid kennt sie nicht. An Ihnen findet sie Gefallen. Sie freut sich, wenn Sie kommen, wie sie sich über gutes Wetter freut. Regnet es, so nimmt sie ein

Buch oder spielt Klavier und vergnügt sich damit auch ganz gut. Sind Sie nicht da, so denkt sie nicht an Sie. Sie fehlen ihr nicht. Niemand fehlt ihr jemals. Sie empfindet kaum das Erscheinen oder Verschwinden ihrer eignen Mutter oder ihrer Schwestern, obgleich sie an diesen mit aller Liebe hängt, der sie überhaupt fähig ist . . . Ich . . ." Wendt stockte, „ich . . ." aber weiter kam er nicht.

„Warum sagen Sie mir das alles?" fragte Günther zutraulich.

„Weil ich Sie vor einem Unglück bewahren möchte," antwortete Wendt. Er seufzte und setzte leise, gleichsam zu sich selbst redend, hinzu: „Vor einem schweren Unglück!"

Günther wußte nicht, was er dazu sagen sollte. Es kam ihm plötzlich der Gedanke, daß das vertrocknete Männchen andre Gefühle für die Marquise hege oder gehegt habe als die einfacher, freundschaftlicher Ergebenheit. Er hätte dazu lächeln können, wenn der arme Wendt ihm nicht leid getan hätte. Der kleine Musiker mit dem gelben Haar, dem vergrämten Gesichte, dem stillen, traurigen Blick war als Verliebter der schönen Irene eine tragisch-komische Gestalt. Die Erfahrungen, die er gemacht haben mochte, konnten für Wildhagen nicht maßgebend sein. Wildhagen besaß nur wenig persönliche Eitelkeit, aber er mußte sich sagen, daß er als Bewerber um die Liebe der schönen jungen Frau in jeder Beziehung günstiger ausgestattet sei als der niedergeschlagene, alternde Mann, dessen Liebe für Irenen, wenn sie überhaupt bestand, von Anfang an eine gänzlich hoffnungslose gewesen sein mußte.

„Ich danke Ihnen für den Anteil, den Sie an meinem Schicksal nehmen," sagte Günther, „hoffentlich droht mir kein Unglück. Gute Nacht, lieber Herr Wendt!"

Vor dem Einschlafen dachte Günther noch eine Weile über das nach, was der alte Musiker ihm gesagt hatte, aber es beunruhigte ihn nicht. Vor einer halben Stunde noch hatte ihm Irene mit herzgewinnendem Lächeln die Hand zum Abschied gereicht, und ihre tiefen Augen hatten seinen sehnsüchtigen, langen Blick wie mit einem ruhigen Versprechen erwidert.

„Sie weiß, daß ich sie liebe, und sie duldet mich in ihrer Nähe, ja, sie sucht meine Gesellschaft. — Warum sollte sie mich täuschen?"

Am nächsten Abend dachte er nicht mehr an die Mitteilungen des Musikers. Er war in außergewöhnlicher Aufregung, er wollte noch heute die Frage stellen, von deren Beantwortung sein Lebensglück abhing. Er hatte am Morgen einen Brief von seinem Vater erhalten, der ihm anempfahl, seine Rückreise zu beschleunigen, jedenfalls alles auf seine sofortige Abreise vorzubereiten. Infolge der kriegerischen Aussichten, so schrieb der alte Baron, müsse Günther jeden Augenblick gewärtig sein, einen Einberufungsbefehl zu erhalten. — Wildhagen war durch und durch Soldat. Nicht eine Sekunde kam ihm der Gedanke, ob es eine Möglichkeit gebe, sich der von ihm voraussichtlich verlangten Dienstleistung zu entziehen. Nein! Wenn der Befehl zum Ausrücken kam, so mußte er reiten, das stand fest, daran war nicht zu rütteln und zu rühren — und daher war es notwendig, vorher alles in Ordnung zu bringen.

Im Salon der Marquise fand Günther die gewöhnlichen Gäste und die gewöhnliche ruhige Unterhaltung. Er wurde empfangen, wie man ihn seit Wochen empfing: von der alten Prinzessin mit herablassender Beugung des stolzen Hauptes, von den Italienern mit dem üblichen artigen Gruß, der seit dem Zweikampf mit Raynaud etwas an Herzlichkeit gewonnen hatte; von den beiden jungen Mädchen, den Schwestern Irenens, mit freundlichem, unbefangenem Lächeln — verlegen hatte Wildhagen überhaupt noch kein Mitglied der italienischen Familie gesehen — und von Irenen mit dem verheißenden Blick, der ihn gestern Abend bis in seine Träume verfolgt hatte. Wenn der Blick nicht von Liebe sprach, Liebe versprach, was konnte, was sollte er bedeuten? Doch zitterte Günther bei dem Gedanken, daß er dies nun bald aus ihrem Munde hören werde.

Er setzte sich, einem Zeichen ihrer Augen folgend, zu ihr, und schon nach wenigen Minuten steuerte er geradeswegs dem Ziele zu, das er sich vorgesetzt hatte. Er erzählte ihr von dem Briefe seines Vaters und daß er Paris bald, möglicherweise schon morgen verlassen werde.

„Sie wollen uns verlassen?" fragte sie. Ihre Stimme war ganz ruhig, aber wie sie ihn anblickte, da glaubte er zu erkennen, daß sie bewegt sei.

„Ich habe keine Wahl," antwortete er leise; „ich muß zu meinem Regiment, wenn ich einberufen werde."

„Sie müssen?" unterbrach sie ihn. Ein Lächeln — Zweifel, Verwunderung, Spott — schwebte auf ihren Lippen.

Er blickte verlegen um sich. Niemand schien ihn und Irenen zu beobachten; aber es war ihm unmöglich, in der Nähe so vieler Zeugen sein Herz zu öffnen.

„Könnte ich doch einige Minuten mit Ihnen allein sein," sagte er bittend, dicht zu ihr gewandt, so daß sie allein seine Worte hören konnte.

Ihre Augen schweiften langsam über die Gesellschaft.

„Kommen Sie in den Garten!" sagte sie mit halblauter Stimme. Sie erhob sich gelassen, durchschritt das Musikzimmer, trat auf den Balkon und stieg von dort die Treppe hinab in den stillen, einsamen Garten. Am Fenster des Musikzimmers saß Wendt, von der übrigen Gesellschaft abgesondert. Er hatte die Arme über die Brust gekreuzt, den Kopf gesenkt und saß in gebeugter Haltung wie ein alter, kraftloser Mann. Trotz des warmen Wetters hatte er einen Überrock lose über seine Schultern geworfen. Irene betrachtete ihn im Vorübergehen und lächelte seltsam; weder Wendt noch Günther bemerkten es. Jener hatte seinen Kopf dem Park zugewandt, und Günther ging hinter Irenen.

Im Garten herrschte bereits tiefe Dämmerung. Die Luft war schwer und schwül. Die blühenden Bäume dufteten stark. Die beiden jungen Gestalten gingen einige Minuten stumm nebeneinander her; von Zeit zu Zeit berührte ihre Schulter durch die Bewegung des Gehens mit kurzem, ganz leichtem zufälligem Stoß seinen Arm. Als sie sich aus dem Lichtkreise des Hauses entfernt hatten, traten sie in den tiefen Schatten eines schmalen Ganges, aus alten, dicht belaubten Linden gebildet. Wieder fühlte er die leise Berührung ihrer Schulter. Er wagte es kaum, den Arm zu bewegen, und die Schulter blieb an demselben ruhen; und er empfand, zusammenschauernd, wie sie sich inniger anlegte.

Am äußersten Ende des dunkeln Ganges erhob sich ein kleines Gartenhaus. Es war ein Lieblingsaufenthalt Irenens, in den sie sich manchmal zurückzog, wenn sie ungestört lesen oder ruhen wollte. Die andern Mitglieder des Hausstandes betraten das einzige Zimmer, das der Pavillon enthielt, beinahe nie. Man betrachtete es als Irenens besonderes Gemach. Außer einem Schreibtisch und einer kleinen Bibliothek befanden sich darin nur noch einige einfache Möbel.

47

Günther und Irene hatten das Gartenhaus erreicht und waren vor der offenen Tür desselben stehen
geblieben. Da legte Irene ihre Hand auf Günthers
Arm und wiederholte leise:

„Sie wollen uns verlassen?"

„Wie könnte ich Sie verlassen wollen?" erwiderte
er traurig. „Wissen Sie nicht, daß Sie mir alles
sind, alles was mir das Leben teuer macht? Muß
ich noch gestehen, was Sie ja längst erkannt haben,
daß ich Sie liebe, unbeschreiblich liebe?"

Er sprach mit Inbrunst, aus tiefster Seele, er
ergriff ihre Hand, die auf seinem Arm ruhte, und
führte sie an seine Lippen und bedeckte sie mit Küssen
— sie ließ es geschehen.

„Und Sie wollen uns verlassen?" wiederholte sie
tonlos.

„O Irene!" sagte er. Es durchrieselte ihn heiß
und kalt, er zitterte wie im Fieber; ohne zu wissen,
was er tat, legte er den Arm um den schlanken Leib
und zog ihn leise an seine Brust. Sie folgte wider-
standslos, sie atmete kurz und schwer. Er fühlte den
Schlag ihres pochenden, jungen Herzens, das Wogen
ihrer Brust; langsam, stumm beugte sie das Haupt
zurück und, die Augen geschlossen, bot sie den heißen
Mund zum Kusse dar.

„Und Sie wollen mich noch verlassen?" fragte sie
nach einer langen Pause.

„Um bald wiederzukehren, Irene, um Sie mein
zu machen, mein für ewig, um Sie nie wieder zu
verlieren!"

„Jetzt wünsche ich, daß Sie bleiben!" sagte
sie kurz.

„Das kann ich nicht!"

„Wenn ich Ihnen sage, daß ich es wünsche — daß
ich darum bitte — daß es notwendig ist — daß Sie

es sollen — daß Sie es müssen! Sie müssen bleiben, hören Sie mich? Ich verlange es!"

Sie sprach mit unterdrückter, aber leidenschaftlich erregter Stimme.

„Ich kann es nicht!"

Sie näherte sich ihm wieder. Sie legte ihre beiden Hände um seinen Nacken und zog seinen Mund noch einmal an ihre Lippen.

„Günther, ich bitte dich, bleibe! Wenn du mich liebst, so wirst du bleiben!"

„Um Gottes willen, Irene, glauben Sie mir, ich kann es nicht!"

„Sie können nicht? Nein, Sie wollen nicht!"

Sie ließ die Hände sinken, wandte sich und ging schnellen Schrittes dem Hause zu. Er war an ihrer Seite. Aber wie er auch flehte und bat, nicht ein Wort, nicht einen Blick konnte er von ihr erhaschen, und als er ihre Hand ergreifen wollte, zog sie sie unwillig und schnell zurück. Am Fuße der Treppe blieb sie einen Augenblick stehen; sie strich mit beiden Händen über ihr glattes dunkles Haar, und dabei sah sie ihn fragend und streng an, als richte sie noch einmal stumm die Aufforderung an ihn, sich ihrem Wunsche zu fügen; aber er blieb fest. Er war wieder ruhiger geworden.

„Es ist unmöglich," sagte er traurig und verzweifelt, „es wäre eine Feigheit. Verlangen Sie es nicht von mir!"

Da wandte sie sich achselzuckend ab und stieg die Treppe hinauf. Sie durchschritt wieder das große Musikzimmer, in dem Wendt noch immer in derselben Stellung saß, in der die beiden ihn vor einer halben Stunde verlassen hatten. Er wandte nicht einmal den Kopf nach ihnen.

Irene trat langsam und gelassen in das Empfangs=

zimmer und ließ sich dort auf ihrem alten Platze neben einem kleinen Tische nieder, auf dem eine hohe Lampe brannte. Das durch einen farbigen, breiten Schirm herabgeschlagene Licht fiel hell auf ihr Antlitz. Es war bleich und still, wie Günther es immer gesehen hatte; aber der freundliche, herzliche Zug auf demselben, der ihn seit einigen Tagen beglückt, war verschwunden. Streng und kalt blickte sie vor sich hin.

Günther war im dunkeln Musikzimmer stehen geblieben. Er hatte nicht den Mut, sich in diesem Augenblick der zahlreichen im Nebenzimmer versammelten Gesellschaft zu zeigen. Er betrachtete Irenen, und das Herz wurde ihm schwer. Aus dem strengen Munde mit den fest zusammengepreßten, schmalen Lippen durfte er keine gute Antwort auf sein Flehen um ihre Liebe erhalten. — Sollte er ihr gehorchen? Sollte er bleiben? Nein, das war unmöglich! Sollte er auf Irenen, auf sein ganzes Glück verzichten? — Er wußte keinen Rat. Ein tiefer Seufzer entrang sich seiner Brust. Wendt, der bis dahin unbeweglich am Fenster gesessen hatte, wandte langsam den Kopf und musterte die von dem Licht des Empfangszimmers schwach beleuchtete Gestalt Günthers. Nach einer Weile erhob er sich und trat zu diesem heran.

„Sie haben mich nicht hören, Sie haben mir nicht glauben wollen! Hatte ich nicht recht?"

Günther antwortete nicht.

„Was ist geschehen?" fragte Wendt weiter.

„Ich werde Paris morgen oder übermorgen verlassen müssen," antwortete Wildhagen.

„Warum?"

Der andre sprach kurz von dem Briefe seines Vaters und von dem erwarteten Einberufungsbefehl.

„Sie haben es ihr mitgeteilt?"

„Ja!"

„Was sagte sie dazu?"

Günther schwieg.

„Sie verlangt, daß Sie bleiben. Natürlich! Was kümmert sie Ihre Ehre ... Werden Sie ihr gehorchen?"

Günther bemerkte gar nicht, daß ihm in diesem Augenblick ein Geheimnis entrissen wurde.

„Ich kann es nicht!" antwortete er trostlos.

Wendt ergriff seine Hand und drückte sie leise und herzlich.

„Junger Freund," sagte er eindringlich, „es gibt in jedem Leben nur einen geraden Weg bis zum Ende! Wehe, wer davon abweicht!"

Günther bedeckte sich die Augen mit der Hand, dann trat er an das Fenster und blickte in die stille, warme Nacht hinaus. Er erkannte die lange Doppellinie der hohen Bäume, welche den schmalen Gang bildeten, in dem er vor wenigen Minuten sein Glück zu halten gewähnt hatte. — Und jetzt wäre es ihm entschwunden? Er wollte, er konnte den Gedanken nicht ausdenken. Er trat in das Zimmer zurück, näherte sich dem Klavier und schlug gedankenlos einige leise Akkorde an. Irene wandte den Kopf und lauschte; dann, als die Musik wieder verstummt war, erhob sie sich und trat in das angrenzende Zimmer, in dem Günther und Wendt sich befanden.

„Spielen Sie das kleine, traurige Lied, das ich gern höre," sagte sie.

„Mein Arm ist noch etwas ungeschickt," antwortete er, „aber ich will es versuchen."

„Und damit wollen Sie reisen, reiten, sich schlagen?" sprach sie spöttisch.

Er antwortete nicht. Er hatte sich gesetzt und begann das Lied. Er spielte es leise, sanft, in vollen

Akkorden und schönen Harmonien, mit schwachem, unendlich wehmütigem Ausdruck.

Sie legte, unbekümmert um Wendt, der wieder an das Fenster getreten war, aber sein Gesicht dem Spielenden zugewandt hatte, ihre Rechte auf Günthers Haupt. Langsam glitt die Hand hinunter und berührte seine Stirn, seine Augen, den Mund; dort blieb sie an seinen Lippen haften; dann legte sich die Hand einen Augenblick leidenschaftlich fest auf seinen Mund, gleichsam wie eine Erwiderung auf seinen Kuß, und gleich darauf wurde sie schnell losgerissen und zurückgezogen. Irene murmelte einige unverständliche Worte.

„Was sagten Sie?" fragte Günther erregt; aber sie antwortete nicht und entfernte sich schnell durch eine Tür, die, ohne das große Empfangszimmer zu berühren, auf den Flur und von dort nach den andern Teilen des Hauses führte. — Günther folgte bald auf demselben Weg, um sich nach seiner Wohnung zu begeben, nachdem er von dem alten Wendt durch einen stummen Händedruck Abschied genommen hatte.

Am nächsten Morgen erhielt Günther das erwartete Telegramm. Sein Vater teilte ihm mit, der Einberufungsbefehl sei soeben abgegeben worden. Die Depesche enthielt weiter kein Wort. Der alte Herr war berechtigt, als selbstverständlich anzunehmen, daß sein Sohn der an ihn ergangenen Aufforderung unbedingt und ohne weiteres folgen würde; auch irrte er sich darin nicht. Es kam Günther nicht einen Augenblick der Gedanke, seine Abreise von Paris um seiner Liebe willen auch nur zu verzögern, geschweige denn einzustellen. Aber er hatte noch einen freien Tag vor sich. Er konnte Paris erst am Abend verlassen. Die nächsten Stunden gehörten ihm! Er durfte und wollte sie benutzen. Er sandte einige Zeilen an

Irenen mit der Bitte, ihm die Gnade zu erweisen, ihn im Laufe des Tages, vor sechs Uhr nachmittags, zu empfangen; er müsse am Abend abreisen, und es sei sein sehnlichster Wunsch, sie vorher zu sehen, persönlich von ihr Abschied zu nehmen. Der Bote, den er beauftragt hatte, auf Antwort zu warten, kam mit dem mündlichen Bescheide zurück: „Es wäre gut!"

„Wem haben Sie den Brief gegeben?" herrschte Günther den Mann an.

„Einem Diener."

„Nun?"

„Er hat den Brief hineingetragen und ist nach wenigen Minuten zurückgekommen und hat mir gesagt, es wäre gut."

Günther stand einige Minuten ratlos.

„Sind Sie rasch gekommen?"

„So rasch ich konnte, gnädiger Herr!"

„Hier ist ein Trinkgeld für Sie. Nun laufen Sie schnell nach dem Hotel Brô zurück und sagen Sie demselben Diener, den Sie gesprochen haben, es sei Ihnen unterwegs eingefallen, daß Sie beauftragt worden wären, eine schriftliche Antwort zurückzubringen. Sie bäten darum. Und wenn Sie sie mir bringen, so bekommen Sie zwanzig Franken."

Der Mann eilte die Treppe hinunter, Günther, der ihm aus dem Fenster nachblickte, sah ihn sich in schnellem Lauf entfernen. Nach einer Weile, die dem Harrenden unendlich lang erschien, kehrte der Bote zurück — mit leeren Händen.

„Unmöglich, eine Antwort zu bekommen, gnädiger Herr!" brachte er mit fliegendem Atem hervor. „Ich habe den Diener bewegt, zweimal hineinzugehen. — Mein Stand ist seit Jahren an der Ecke der Rue Billault. Der Diener kennt mich und hat mir schon manchen Auftrag gegeben. Ich habe ihm gesagt, ich könnte ein gutes Trinkgeld verdienen, er möchte mir dazu behilflich sein. Das zweite Mal kam er mit dem Bescheide zurück, die gnädige Frau sei ungeduldig geworden und habe ihm die Tür gewiesen; es gäbe weiter keine Antwort auf den Brief als — es wäre gut."

Der Savoyarde berichtete eifrig und ausführlich im scharfen Dialekt seiner Heimat. Er wollte von den in Aussicht gestellten zwanzig Franken wenigstens einen Teil verdienen. Günther gab ihm die volle Summe. Der Dienstmann war ganz verwirrt.

„Ich stehe dem gnädigen Herrn stets zu Diensten, — wann der gnädige Herr befehlen."

Günther machte ihm ein Zeichen, daß er allein zu sein wünschte, und der Mann entfernte sich mit tiefen, ungeschickten Verbeugungen.

Es war zehn Uhr morgens. Man frühstückte um zwölf Uhr im Hotel Brô. Günther nahm sich vor, um diese Stunde zu Irenen zu gehen. Er würde sie zwar in Gesellschaft inmitten ihres zahlreichen Hausstandes, unter den Augen der aufwartenden Dienerschaft sehen — aber er würde sie sehen. Das war zunächst die Hauptsache.

Nahmen die zwei Stunden kein Ende! Wartete er wirklich erst seit einer Stunde? War die Uhr nicht stehengeblieben? Er hielt sie ans Ohr: „Ticktack!" Unbegreiflich! Da wurde schüchtern bei ihm angeklopft. Günther sprang an die Tür. Was erwartete er? Irenen vielleicht? — Verliebte sind verrückt! — Wenigstens ein Lebenszeichen von ihr, die ersehnte Antwort auf seinen Brief! Das breite rote Gesicht des Savoyarden glotzte ihm entgegen.

„Gnädiger Herr!"

„Nun, haben Sie Antwort?"

„Nein, gnädiger Herr! Aber soeben, vor einer Minute, sind die Herrschaften aus dem Hotel Brô davongefahren; zwei Wagen, im ersten saßen die Prinzessin und die Marquise und die zwei jungen Damen, die Schwestern der Marquise; im zweiten vier Herren, die im Hotel Brô wohnen, drei Auswärtige, Verwandte der Prinzessin, glaube ich, der vierte, der kleine alte Herr, der Sekretär der Frau Marquise. Ich sagte mir, es könnte dem gnädigen Herrn vielleicht daran liegen, es zu wissen, und deshalb bin ich hergelaufen."

„Wohin sind sie gefahren?"

„Ich werde mich sogleich erkundigen, gnädiger Herr; ich wollte Ihnen nur zunächst Nachricht bringen. In zehn Minuten bin ich wieder hier."

In seinem Diensteifer hatte der Mann die Tür schon wieder in der Hand.

„Ich werde selbst gehen," sagte Wildhagen.

Er tat es auch, aber ohne Erfolg.

Alles, was er feststellen konnte, war, daß die Herrschaften aufs Land gefahren seien — nach Saint-Germain, meinte der Portier — und wohl erst spät zurückkehren würden, denn der Koch sei für den ganzen Tag beurlaubt worden.

Der besondere Diener der Marquise, der dem Baron Wildhagen gewogen war, weil dieser, einer schlechten deutschen Gewohnheit gemäß, die jedoch bei der französischen Dienerschaft großen Anklang fand, das Haus selten verließ, ohne diesem oder jenem ein paar Franken in die Hand gedrückt zu haben — wiederholte Günther, was ihm bereits durch den Dienstmann berichtet worden war. Er, der Diener, sei es gewesen, der den Brief des Herrn Baron der Frau Marquise übergeben, sie habe ihn auch sofort gelesen und dann einfach gesagt: Es wäre gut! Einen andern Bescheid hätte er auch später nicht erhalten können.

Günther hätte gern erfahren, wie die Marquise beim Lesen des Briefes ausgesehen, in welchem Tone sie gesprochen habe. Es war ihm jedoch unmöglich, den Diener auszuforschen; er hätte sich dessen geschämt, aber er gab ihm ein letztes reichliches Trinkgeld, und der kluge Diener, der gewisse Seiten des menschlichen Herzens im jahrelangen Verkehr mit schönen, vornehmen und schönen, nicht vornehmen Frauen recht gut kennen gelernt hatte, hielt sich für verpflichtet, als Gegenleistung für das Trinkgeld noch einiges zu berichten. Wildhagen zog sich während der Zeit langsam die Handschuhe an und blickte gleichgültig umher, als ob ihn die Sache nichts anginge; aber er verlor kein Wort von dem, was der Diener sagte, und erwog nachher noch jede Silbe.

„Die gnädige Frau hatte wohl schlecht geruht, sie war übler Laune; ich wußte es schon am frühen Morgen durch die Kammerzofe. Sie öffnete den Brief schnell und zerriß dabei das Kuvert; sie las ihn erst hastig durch und dann noch einmal langsam und mit Aufmerksamkeit. Sie dachte etwa eine halbe Minute nach und näherte sich dem Schreibtisch, so daß ich glaubte, sie werde den Brief beantworten; aber nach kurzem Nachdenken sagte sie, wie ich bereits die Ehre hatte zu melden: Es wäre gut! Und dieselben Worte wiederholte sie mit größerer Bestimmtheit und einiger Ungeduld, als ich später noch zweimal um schriftlichen Bescheid anfragte. Gleich nachdem dies zum letzten Male geschehen war, begab sich die gnädige Frau zur Prinzessin, mit der sie wohl den Ausflug nach Saint-Germain verabredete, denn als sie aus dem Zimmer der Prinzessin wieder heraustrat, beauftragte sie mich, die Wagen zu bestellen. Bei der Abfahrt sah die gnädige Frau sehr heiter und wohl aus."

„Ich reise heute ab," sagte Wildhagen, und er bemühte sich, in gleichgültigem Tone zu sprechen. „Sollte die Frau Marquise vor acht Uhr zurückkehren, so benachrichtigen Sie mich, damit ich mich ihr persönlich empfehlen kann. Ich werde von sechs Uhr ab in meiner Wohnung sein."

„Ich werde den Auftrag genau ausführen; der gnädige Herr können sich auf mich verlassen."

Wildhagen trat langsam den Rückzug an. Er wußte sich von dem Kammerdiener beobachtet, und er war bemüht, auch diesem gegenüber gute Haltung zu bewahren, aber es gelang ihm nicht, den erfahrenen Mann zu täuschen.

„Der hat sich ordentlich die Flügel verbrannt," sagte der lange Jean vor sich hin. „Schade! Er ist ein liebenswürdiger Mensch; aber er wird schon wiederkommen! Qui a bu, boira!"

Um sechs Uhr standen Wildhagens Koffer fertig gepackt in seinem Zimmer. Er selbst saß dort im Reiseanzug und wartete — wartete auf Bescheid aus dem Hotel Brô. Mit dem Glockenschlage acht trat der lange Jean in das Zimmer. Die Herrschaft wäre noch nicht angekommen. Wildhagen war bereits auf die Nachricht vorbereitet. Das Schlimmste war nun eingetroffen, aber er hatte nichts Besseres erwartet. Er übergab dem Diener mehrere mit p. p. c. bezeichnete Visitenkarten, die er vorher schon bereitgelegt hatte, und trug ihm auf, dieselben an ihre Bestimmung gelangen zu lassen.

„Ich werde nicht verfehlen, gnädiger Herr . . ." Der lange Jean zauderte. „Der gnädige Herr können ganz über mich verfügen," — mit starkem Ausdruck auf das Wort „ganz" — „ich werde das Vertrauen des gnädigen Herrn zu rechtfertigen wissen."

Aber Wildhagen wollte nicht verstehen und sagte nur: „Ich danke Ihnen!"

Darauf entfernte sich der Diener, und damit war für den Augenblick die letzte Brücke, die zum Hotel Brô führte, abgeschlagen. Bald darauf meldete der Hausknecht, alles Gepäck sei in der Droschke. Wildhagen blickte sich noch einmal trostlos in dem freundlichen kleinen Zimmer um, in dem er die schönsten Träume seines Lebens geträumt hatte, und verließ dasselbe schweren Herzens. Unten im Hause waren der Portier, die Hausdiener und Mädchen versammelt, die bereits alle reichlich beschenkt worden waren und die sich nun dem anspruchslosen, freundlichen Gaste, den sie ungern scheiden sahen, empfehlen wollten. Zuletzt erschien auch noch Madame Braçon, die Wirtin, eine sehr elegante und noch hübsche Frau, die den Herrn Baron bat, ihr Haus in gutem Andenken zu bewahren und es bei seinem nächsten Besuche wieder beehren zu wollen. Wildhagen drückte ihr die Hand, nickte nach rechts und links, sagte ein halbes Dutzendmal: „Auf Wiedersehen!", als verabschiede er sich von guten Freunden, und ehe er es sich versah, saß er in der dunkeln Droschke und rollte die spärlich erleuchteten Champs Elysées hinunter, dem Nordbahnhofe zu. Er musterte jeden Wagen, an dem er vorbeifuhr, er erwartete noch immer mit dem schwächsten, aber noch nicht ganz erloschenen Schimmer von Hoffnung, die Marquise zu sehen — und erst als er die Boulevards verlassen hatte und in eine lange Seitenstraße eingebogen war, die geradeswegs nach dem Bahnhof führte, warf er sich in eine Ecke des Wagens zurück und blieb dort, in dumpfem Hinbrüten versunken, sitzen, bis die Droschke Halt machte und dienstfertige Gepäckträger seine Koffer ergriffen hatten und ihn fragten, wohin er reise.

„Nach Berlin!" antwortete er mechanisch.

Um dieselbe Stunde kehrten die Bewohner des

Hotels Brô von dem Ausflug nach Saint-Germain zurück, ermüdet und gelangweilt. Die Prinzessin begab sich auf ihr Zimmer und erschien an jenem Abend nicht wieder. Die andern Hausbewohner versammelten sich gegen zehn Uhr in gewöhnlicher Weise im großen Empfangsraum. Auf dem Tische lag auch Wildhagens Karte. Der alte Prinz, für den Günther sich mit dem schönen Olivier geschlagen hatte, war der einzige, der eine Bemerkung dazu machte.

„Der Baron ist abgereist?" sagte er. „Ich ahnte es nicht; ich hätte ihm gern die Hand zum Abschiede gedrückt."

„Von wem sprichst du?" fragte Irene.

„Von Baron Wildhagen. Hier ist seine Karte p. p. c."

Die Marquise nahm die Karte in die Hand, blickte sie aufmerksam an und legte sie wieder nieder. Nach einer kleinen Weile stand sie auf und ging in den Garten, wo sie ungewöhnlich lange Zeit verblieb. Als sie wieder im Empfangszimmer erschien, bemerkte ihre Schwester, sie sähe leidend aus, ob ihr etwas fehle. Sie antwortete, der lange Aufenthalt in der freien Luft habe sie etwas angegriffen. Gleich darauf zog sie sich schleppenden, müden Ganges in ihre Gemächer zurück.

2

Günther fand unmittelbar nach seiner Ankunft in Berlin so viel zu tun, daß er sich beim besten Willen seinem Liebesschmerz nicht hingeben konnte, so sehr ihn derselbe auch peinigte. Sein Regiment war bereits ausgerückt. Der alte Baron, der selbst Offizier gewesen war, hatte zwar für alles gesorgt, was ihm zu Günthers Ausrüstung nötig erschien, doch gab es für diesen noch mancherlei notwendige Wege, Besuche

und Besorgungen zu machen. Alles mußte in wenigen
Stunden erledigt werden. Die begreifliche Erregtheit
des Vaters, der den geliebten Sohn nicht ohne trübe
Gedanken in den Krieg ziehen sehen konnte, schützte
Günther vor unbequemen Fragen. Der alte Mann
kümmerte sich in jenem Augenblick nicht im geringsten
darum, was der Sohn in Paris getrieben haben
mochte. Er dachte nur daran, ihn jetzt möglichst gut
ausgerüstet abziehen zu sehen.

Günther empfand noch ein leichtes Unbehagen in
der verwundeten Schulter, aber dies verschwieg und
verbarg er sorgfältig. Um keinen Preis hätte er zu
Hause bleiben wollen, während seine Kameraden
gegen den Feind marschierten. Er hatte unmittelbar
nach seiner Ankunft in Berlin einen Arzt, der ihn nicht
kannte, um Rat gefragt, und von diesem die beruhigende
Versicherung erhalten, daß die Schulter und der Arm
wohl noch etwas Schonung, aber keiner besondern
Pflege mehr bedürften. Der linke Arm, den Günther
zum Reiten gebrauchte, war gesund und stark.

„Das muß vorläufig genügen," sagte er sich.

Unter gewöhnlichen Verhältnissen würde dem alten
Baron der stille Ernst aufgefallen sein, mit dem sein
Sohn alles verrichtete. Aber angesichts der bevor-
stehenden schweren Ereignisse erschien ihm Günthers
Gemütsverfassung die einzig richtige.

„Der mutige, pflichttreue Mann zieht ernst und
entschlossen in den Kampf; Lärmen und Singen dienen
nur dazu, Beängstigung zu verscheuchen oder zu be-
mänteln. Jubeln ist erst nach dem Siege am Platze,"
so dachte der alte Baron. Die beiden Männer, Vater
und Sohn, umarmten sich herzlich, gerührt, aber ohne
Schwäche, als sie voneinander Abschied nahmen, und
ein jeder von ihnen ging unverdrossen, mit ver-
borgenem Kummer im Herzen, seinen Pflichten nach.

Günther erreichte das Regiment noch frühzeitig
genug, um an der Spitze seines Zuges die Grenze zu
überschreiten. Er hatte jetzt auf dem Marsche manche
lange, einsame Stunde, während der er ungestört
seinen Gedanken nachhängen konnte. Und dann beschäftigte er sich immer und immer wieder mit Jrenen.
Er gedachte ihrer mit bitterer Wehmut. Die nunmehr
vollzogene vollkommene Trennung war ihr Werk.
Konnte er sich ihr jemals wieder nähern? Er wollte
es versuchen — später. Sie hatte ihm nichts zu verzeihen; aber würde sie ihn anhören wollen, würde sie
ihn verstehen, ihr eignes Unrecht erkennen? Oder
hatte Wendt recht gehabt? Kümmerte sie sich im
Grunde ihres Herzens nicht um ihn, war er ihr nur
ein Spielzeug gewesen, das sie vorübergehend beschäftigt hatte? — Dann dachte er an den letzten
Spaziergang im Garten. In dem Augenblick wenigstens hatte sie ihn geliebt; — aber w i e hatte sie ihn
geliebt? — Sie war anders als alle Frauen, die er
gekannt hatte. Er machte sich klar, daß er sie nicht
verstehe, kaum ahne, was in ihr vorgehe. Selbst in
der schönen Zeit, als sie ihm wochenlang zutraulich
freundlich entgegen gekommen war, als er an ihre
Liebe geglaubt hatte, war sie stets gleichmütig ruhig
erschienen; nur während der kurzen Minuten, als sie
seinen Kuß geduldet hatte, schien die Leidenschaft, die
Wildhagens ganzes Wesen damals beherrschte, auch
sie überwältigt zu haben. — Während weniger Minuten nur! Dann war alles verflogen, verschwunden!
Er sah sie im Garten vor der Treppe stehen, mit
beiden Händen das schwarze Haar glättend und ihn
dabei finster anblickend. Nicht Schmerz der Liebe angesichts der drohenden Trennung hatte in dem Blick
gelegen — d e n Schmerz hatte er, Günther, empfunden. Aus Jrenens Augen hatte feindseliger Zorn

ob seines Auflehnens gegen ihren Willen geleuchtet.
— Und was hatte sie verlangt? Daß er etwas tue,
was ihn für den Rest seines Lebens geächtet haben
würde! „Was kümmert sie Ihre Ehre?" hatte Wendt
gesagt.

Abwechselnd versuchte Günther Irenen zu ent=
schuldigen und anzuklagen. Bald sagte er sich, sie
habe keine Ahnung von seinen Pflichten als Soldat,
und sein Ungehorsam ihr gegenüber könnte ihr als
Lieblosigkeit erschienen sein; dann quälte ihn ihre
Härte und Lieblosigkeit. Hätte sie ihn geliebt, so
würde sie ihn nicht ohne Abschied haben ziehen lassen!
Wenn er daran dachte, dann schätzte er auch die Lieb=
kosungen gering, die ihn beglückt hatten.

„Sie war in einem Sinnestaumel befangen," sagte
er verächtlich. Er selbst hatte manch' solchen Rausch
empfunden, aus dem er nicht selten mit Ekel erwacht
war. Aber ob er Irene entschuldigte oder anklagte
— ja, je mehr er sie anklagte, je klarer trat seine
Liebe hervor. Mit allen Fehlern, die er an ihr zu
erkennen glaubte, mit Fehlern, die sie herzlos, rück=
sichtslos, sogar von niedrigen Regungen beherrscht, er=
scheinen ließen — selbst so sehnte er sich unbeschreib=
lich nach ihr, nach einem Wort aus ihrem Munde,
einem Blick ihrer Augen, einem Druck ihrer Hand,
einem Kuß von ihrem Munde. „Mein Glück liegt bei
ihr, und mit ihr habe ich mein ganzes Glück ver=
loren!"

Während der nächsten Tage hatte Günther keine
Muße, an sich und seine Herzensangelegenheiten zu
denken. Es gab anstrengende Märsche, aufregende
Ritte, und es erschien der Krieg in seiner grimmigsten,
grausigsten Gestalt, in brennenden Ortschaften und
verheerenden Schlachten. Da überkam Wildhagen
großartige Ergebung in sein Schicksal. Was war ein

Menschenleben, ein Lebensglück, wo es Fragen galt, für die Hunderttausende in den Tod zogen? Er begann Betrachtungen über sich anzustellen wie über einen andern. — Was bedeutete seine Person in der ungeheuern Bewegung, mit der er fortgerissen war? — Einen Teil unbändiger Kraft. Aber einen wie winzigen Teil! Was galten seine Wünsche, sein Sehnen, sein Glück? — Wünsche, Leben, Liebe, Glück ... Zukunft — Zukunft, wenn er dem Tod ins Antlitz schaute!

„Alles, was mich angeht, sei späterer Sorge überlassen," sagte er vor sich hin. Ernst, kaltblütig, furchtlos waltete er seiner Pflicht. Zuweilen in Zwischenräumen, die immer entfernter wurden, empfand er ein dumpfes geistiges Unbehagen, als wisse er sich von einer unheilbaren Krankheit ergriffen, die nur zeitweilig in ihm schlummerte, aber die wieder ausbrechen, ihn rettunglos dahinraffen würde. Dann versank er in schweres Brüten. Wenn er daraus erwachte, fühlte er das Bedürfnis rastloser Tätigkeit, um innern Frieden zu finden. Die Sorge um andre, peinliche Gewissenhaftigkeit in der Ausübung seiner Pflicht, vollständige Hingebung der Sache, für die er mitzukämpfen berufen war, gaben ihm seine Ruhe wieder. Irenens zurückgedrängtes Bild trat mehr und mehr in den Hintergrund. Die Umrisse desselben wurden undeutlicher, verschwammen wie in einem Nebel. Er atmete tief auf. Er fühlte sich stark und frei, harten Boden unter seinen Füßen, den geraden Weg vor seinen Augen. Freudig und todesmutig zog er in den Kampf!

Spät am Abend wurde er schwerverwundet auf dem Schlachtfeld aufgelesen. Man zog ihn bewußtlos, aber noch atmend unter seinem Pferde hervor. Er hatte Hieb- und Stichwunden am Kopf und an der Schulter; das Bein, das unter dem durch einen Schuß getöteten Pferde gelegen hatte, war verrenkt, gequetscht und unterhalb des Knies gebrochen. Verschiedene Umstände ließen darauf schließen, daß Wildhagen, bereits verwundet, noch längere Zeit am Gefecht teilgenommen hatte, und erst als sein Pferd gestürzt, mit diesem gefallen, betäubt und damit kampfesunfähig geworden war. Seitdem hatte er so starken Blutverlust erlitten, daß die Ärzte, die ihm den ersten Verband anlegten, an seinem Aufkommen zweifelten.

Als Günther nach vielen Tagen äußerster Schwäche und vollständiger Bewußtlosigkeit wieder die Augen aufschlug und matt und still um sich schaute, da fiel sein erster erkennender Blick auf das vergrämte Gesicht seines Vaters. Und dies sorgenvolle Antlitz mit den ängstlich spähenden, liebenden Augen wich jetzt nicht mehr von seiner Seite. Günther war noch zu schwach zum Denken, zum Fragen, aber er begann wieder zu fühlen, zu empfinden. Die Gegenwart seines Vaters tat ihm wohl, beruhigte ihn, und in diesem Gefühle streckte er eines Tages die abgemagerte, blutleere Hand nach der des alten Mannes aus. Da begann dieser zu schluchzen:

„Du, mein geliebter Sohn! Ich danke Gott dem Allmächtigen, daß er dich mir wiedergegeben hat!"

Während der nächsten Stunden oder Tage oder Wochen — es gab noch keine Zeit für Günther — hatte er eine dunkle Ahnung davon, daß man ihn nach einem andern Orte schaffte. Er fühlte sich von unsichtbaren Händen emporgehoben und ruhte auf einem sanft schwingenden Lager; es rauschte und brauste in seinen Ohren, er vernahm schrilles Pfeifen, schweres Keuchen und Ächzen, wirres Geräusch wie von vielen Menschenstimmen; er sah sich in einem dunkeln, niedrigen Gemach; Schlaf überfiel ihn, aus dem er zu denselben Eindrücken erwachte; er fühlte sich müde, unruhig, durstig, dann wieder beruhigt und erquickt, und als er wiederum, und diesmal mit klarem Bewußtsein, die Augen aufschlug, da befand er sich in seinem Zimmer in Berlin.

Der Sommer ging dahin, bis Günther stark genug war, um, auf Krücken gestützt, von seinem Vater gehütet und gehalten, ans Fenster zu schleichen und einen Blick auf die Straße zu werfen; und es dauerte seitdem noch lange, bis er ganz wieder genesen war. Während dieser Zeit der Wiederherstellung, und nachdem jede Gefahr für sein Leben beseitigt erschien, fing nun sein Vater an, ihn wieder sich selbst zu überlassen. Günther selbst hatte darum gebeten. Er empfand das Bedürfnis, allein zu sein, um nachzudenken; ruhig, leidenschaftslos, schnell ermüdend: an den Krieg, in dem er gekämpft hatte, an die Schlacht, in der er verwundet worden war, an seine Kameraden, an seine Zukunft — an Irenen! Diese war lange Zeit aus seinem Gedächtnis verschwunden gewesen, aber mit seiner Gesundheit kehrte ihr Bild zurück, um bald jedes andre zu verdrängen. Er dachte mit Bitterkeit an sie. Sie hatte sich in keiner Weise um ihn gekümmert, und doch mußte sie wissen, daß er sich in Lebensgefahr begeben hatte. Wenn er auf dem Schlachtfelde geblieben wäre, so hätte sie es nicht gewußt, vielleicht nie erfahren. Wie wenig mußte er ihr sein! Und diesem „Wenig" hatte sie seine Ehre opfern wollen, als sie von ihm verlangte, er solle bei ihr bleiben.

„Sie ist nicht wert, daß ich an sie denke," sagte er vor sich hin.

An demselben Tag schrieb er einen langen Brief an Dessieux, mit dem er sich seit dem Zweikampf mit Raynaud bis zu einem gewissen Grade befreundet hatte. Er erzählte schlicht und kurz von dem Anteil, den er selbst an den großen Ereignissen des Sommers genommen hatte, von seiner Verwundung, Krankheit, Genesung, und er schloß mit der Bitte um Nachricht von seinen Pariser Freunden, namentlich auch von den Insassen des Hotel Brô, von denen er seit seiner Abreise nicht eine Silbe gehört hätte.

Dessieux antwortete schnell und ausführlich und in ernsterem Tone, als Günther erwartet hatte. Er wünschte diesem herzlich Glück zu seiner Wiederherstellung. Es klang etwas wie Bedauern aus seinem Briefe, daß ihm selbst ähnliche Schicksale, wie Günther sie erlebt hatte, wohl niemals blühen würden.

„Ich habe nichts zu tun, als mich zu amüsieren," schrieb er. — „Wissen Sie, mein Lieber, daß das mit der Zeit recht langweilig werden kann. Aber was soll ich tun? Mein Vater ist der Ansicht, ich sei zu vornehm, um dem Kaiserreich zu dienen. Ich finde keinen besonderen Spaß an der Landwirtschaft oder an der Jagd, an der Politik oder an kirchlichen Fragen; ich habe nichts gelernt und bin nicht wißbegierig, und da bleibt mir kaum etwas andres übrig, als mein Leben auf dem Pariser Pflaster und Makadam zwischen der Chaussée d'Antin und dem Arc de Triomphe in möglichst bequemer, anständiger, unauffälliger und schuldenfreier Weise totzuschlagen.

„Im Hotel Brô," fuhr Dessieux fort, „ist alles so ziemlich beim alten. Louise, die älteste von den beiden kleinen Mädchen, den Schwestern der Marquise, hat sich mit d'Estompière verlobt. Er ist bis über die Ohren verliebt, und wenn ich ihm zuhören wollte, so würde er mir stundenlang von seinem Glück vorschwärmen. Er besteht darauf, ich sollte sein Schwager werden und um die siebenzehnjährige Josephine anhalten; aber ich danke gehorsamst! Josephine sieht der Marquise ähnlich, und wird vielleicht einmal ebenso schön wie diese, und — unter uns gesagt — ich möchte keine Irene zur Frau haben. Sie ist anbetungswürdig schön und sie läßt sich bereitwilligst verehren; aber ich halte sie für eines der passivsten Geschöpfe auf Gottes Erdboden; und ich glaube, sie könnte mich als meine Frau mit ihrem unerschütterlichen Gleichmut zur Verzweiflung bringen. Ich wäre nämlich leichter recht gründlich elend zu machen, als Sie vielleicht glauben. Ich habe eine Todesangst davor, mich einmal unglücklich zu verheiraten. Glücklicherweise ist das leicht zu vermeiden. Man braucht nur ledig zu bleiben. Dazu bin ich vorläufig entschlossen.

„Wissen Sie wohl, daß es mir hier vorkam, als ob Sie ernstlich daran dächten, die Marquise um ihre Hand zu bitten? Nun, es freut mich, daß es nicht so weit gekommen ist. Ihnen wünsche ich eine gute, ordentliche kleine Frau, die nicht nur geliebt sein will, sondern Sie auch liebhaben kann. Die schöne Marquise gönne ich einem Neubauer. Ein Mann seines Kalibers wird viel besser mit ihr fertig werden als Sie; denn bei all seinem Egoismus würde Neubauer kaum von ihr erwarten, was Sie wohl als erste Bedingung zum Glück von ihr verlangen würden — nämlich Liebe. Aber die hat Frau Irene meines Ermessens nicht zu vergeben, denn ich halte sie für ganz unfähig, irgend jemand und irgend etwas zu lieben."

Günther hätte gern noch mehr und andres von der Marquise erfahren. Hatte sie denn nicht von ihm gesprochen, sich gar nicht nach ihm erkundigt? Aber davon sagte Dessieux keine Silbe. Sollte er ihm noch einmal deswegen schreiben? Nein! Es verlohnte sich nicht der Mühe. Aber Dessieux' freundlicher Brief mußte beantwortet werden. Günther wollte ihn einladen, ihn in Deutschland zu besuchen. Er schrieb ihm am nächsten Tage, und während er damit beschäftigt war, fiel ihm plötzlich ein, daß es wohl nur artig sei, wenn er einige Zeilen für die Marquise in das Schreiben an Dessieux mit einlegte. Er tat es mit der Bitte, Dessieux möchte den Brief persönlich an seine Bestimmung gelangen lassen.

Günthers Brief an Irenen war kurz, doch hatte es ihn große Mühe gekostet, denselben abzufassen. Er schrieb, er sei unmittelbar nach seiner Ankunft in Berlin so sehr in Anspruch genommen worden, daß es ihm nicht möglich gewesen sei, ihr zu schreiben. Auch während des kurzen Feldzuges habe er dies nicht tun können. Er sei in demselben verwundet worden und habe erst seit wenigen Tagen wieder angefangen zu lesen und zu schreiben. Da sei es ihm ein Bedürfnis, sich der Frau Marquise wieder zu nähern, ihr zu sagen, daß er für die Güte, die sie ihm in Paris erwiesen habe, dankbarer sei, als er es auszudrücken vermöge — und um sie inständigst zu bitten, ihn durch einige Zeilen, die ihm Nachricht über sie bringen würden, zu beglücken. — Nach langer Überlegung schloß er seinen Brief mit einer leisen Andeutung an seine Liebe für sie.

„Sollte ich Sie erzürnt haben, so wäre dies gegen meinen Willen geschehen; deshalb wage ich zu hoffen, daß Sie mir jetzt verzeihen werden. Ich bin dem Tode nahe gewesen, aber ich würde des Daseins, das mir wiedergeschenkt worden ist, nicht froh werden können, wenn ich fortan ohne Ihre Zuneigung leben müßte." Er hatte zuerst „ohne Ihre Liebe" gesetzt, aber den ganzen Brief noch einmal umgeschrieben, damit Irene dies Wort nicht darin fände. Er hatte erwogen, ob er für „Liebe" — „Freundschaft, Wohlgefallen, Wohlwollen, Gewogenheit, Gnade, Huld" schreiben sollte; schließlich hatte er sich für „Zuneigung" entschieden. Das Wort sagte nicht klar, was er sagen wollte, aber es konnte so verstanden werden. — Es war kein richtiger Liebesbrief, den er abgefaßt hatte, und wie er darüber nachdachte, weshalb es ihm unmöglich war, einen solchen zu schreiben, da wurde ihm wiederum klar, wie fremd ihm Irene geblieben war, wie fern er ihrem Herzen stand. — Und doch liebte er sie!

Dessieux' Antwort ließ auch diesmal nicht lange auf sich warten. Der kleine Franzose, für den Günthers Freundschaft schnell gewachsen war, seitdem jener ihm einen Blick in sein Herz gestattet hatte, nahm die Einladung, nach Deutschland zu kommen, dankbar an. Er versprach, Günther im Oktober in Wildhagen zu besuchen. Dort wollte er sagen, vorausgesetzt, daß dies nicht mit Strapazen verbunden sein würde, denen er sich nicht gewachsen fühlte. Dann wollte er sich Berlin ansehen und von dort nach Paris zurückkehren.

„Ihren Brief an die Marquise habe ich derselben selbst abgegeben," fuhr Dessieux in seinem Schreiben fort.

„,Von wem?' fragte sie.

„,Von Herrn von Wildhagen,' sagte ich.

„,Dem deutschen Baron?'

„,Demselben.'

„Sie drehte den Brief unentschlossen in der Hand hin und her und legte ihn dann, ohne ihn erbrochen zu haben, mit der Aufschrift nach oben, auf den Tisch, wo ich ihn, als ich mich zwei Stunden später von ihr entfernte, noch unberührt liegen sah. — Daß Sie seit Ihrer Abreise aus Paris schwere Schicksale erduldet hatten, wußte die Frau Marquise. Ich hatte es ihr nach Empfang Ihres ersten Briefes an mich sofort erzählt."

Günther schämte sich seiner Schwäche, als er dies las. — Warum hatte er der Frau noch einmal geschrieben? Er nannte sie in seinem Herzen eine kalte Kokette.

„Kalt?" wiederholte er sich. — Nein, sie war leidenschaftlich erregt gewesen, als an jenem einzigen Abend ihre Lippen an seinem Munde gehangen hatten. — „Kokette?" Sie hatte sich nicht die geringste Mühe gegeben, ihn zu fesseln. Die Gewalt ihrer Schönheit allein hatte ihn angezogen. — Was war sie? Wendt hatte recht! „Sie ist herzlos," sagte er sich.

Noch viele Tage lang wartete er ungeduldig auf Nachrichten von ihr. Jeder Brief, der ihm gebracht wurde, verursachte ihm Herzklopfen. Nach und nach beruhigte er sich. Sein beleidigter Stolz predigte ihm Entsagung. Das, was ihn umgab, erleichterte sie ihm. — Sein Vater, seine Freunde und Verwandten überschütteten ihn mit Zärtlichkeiten und liebenswürdigen Aufmerksamkeiten, verwöhnten und verzogen ihn. Seine Tapferkeit als Soldat war durch Auszeichnungen anerkannt und geehrt worden. Alle Welt behandelte ihn gut — nur eine benahm sich ihm gegenüber lieblos, unfreundlich, geradezu unhöflich. — Dies letztere besonders wollte er ihr nicht verzeihen, obgleich er im Grunde den geringsten Wert auf ihre Höflichkeit legte. Hätte sie ihm Liebe gezeigt, dann hätte sie ungestraft so unhöflich sein können, wie es ihr gefiele. Aber da er nicht darüber klagen durfte, daß sie seine Gefühle nicht erwiderte, so warf er ihr die Unhöflichkeit, seinen Brief unbeantwortet zu lassen, wie eine große Sünde vor.

„Vielleicht hat sie den Brief gar nicht gelesen," sagte er sich, und bei diesem Gedanken vollständiger Gleichgültigkeit ihrerseits stieg ihm das Blut ins Gesicht. Er schämte sich sogar für sie, in ihre Seele hinein. Nachdem sie seinen Kuß geduldet und zurückgegeben hatte, durfte er ihr nicht gleichgültig sein — oder sie war eine verächtliche Person. „Dann ist es am besten, daß ich frei von ihr bin. Gott sei Dank, daß ich ihrem Befehle, bei ihr zu bleiben, nicht gefolgt bin. Hätte ich dies getan, was wäre ich heute? Verloren! Der gerade Weg war hart und schlecht, und ich bin darauf wund und krank geworden. Aber der alte Wendt hatte recht: Wehe, wenn ich von ihm abgewichen wäre!"

Günther suchte Zerstreuung und fand sie. Es fehlte ihm auch nicht an Beschäftigung. — Wer seinen Schmerz flieht, der findet bald Trost und Vergessen! Es handelt sich nur darum, nicht mit seinem Gram zu spielen, ihn wirklich fliehen zu wollen. Zu dem Entschlusse hatte Günther sich endlich emporgerafft. — Als der kleine Dessieux im Monat Oktober in Wildhagen eintraf, fand er seinen deutschen Freund wohl und munter, noch etwas schmalbäckig, auch wohl weniger heiter als zur Pariser Zeit, aber körperlich und geistig gesund oder wenigstens auf dem besten Wege zur vollständigen Genesung. In der Unterhaltung zwischen den beiden jungen Leuten war natürlich auch vom Hotel Brô die Rede, und das erstemal empfand Günther bei Nennung des Namens der Marquise Irene eine starke Beklemmung; aber die Sache ging gut vorüber. Günther war schon so weit von seiner krankhaften Liebe geheilt, daß die Gefahr eines Rückfalles nicht mehr bedenklich erschien.

Dessieux leistete Günther vier Wochen lang Gesellschaft. Die beiden wurden während der Zeit gute

Freunde. Der kleine Franzose hatte weit achtungs-
wertere Seiten des Charakters als Günther bis dahin
geahnt: er war herzensgut und grundehrlich. Seine
Lächerlichkeiten und Fehler lagen auf der Oberfläche.
Er wollte blasiert, zynisch erscheinen und war weder
das eine noch das andre.

„Sie haben mir den Rat gegeben, eine gute, kleine
Frau zu nehmen, die mich lieb hat," sagte Günther
noch kurz vor Dessieux' Abreise, „dasselbe möchte ich
Ihnen anempfehlen. Ich bin überzeugt, Sie würden
sich dabei sehr wohl befinden."

„Aber dann keine Irene oder Josephine!" rief
Dessieux lachend.

„Nein, ja nicht!" sagte Günther.

„Ich werde daran denken. Tun Sie es auch!"

„Und dann können wir zusammen Hochzeit feiern!"

„Das ist abgemacht! ‚Der Baron Günther von
Wildhagen und der Vicomte Gaston de Dessieux und
Fräulein X. und Fräulein Y. empfehlen sich als Ver-
lobte.' Wo verheiraten wir uns? In Wildhagen
oder in Paris?"

„Hier!" sagte Günther, den Scherz fortsetzend. „Offen
gesagt, lieber Freund, ich habe noch etwas Furcht vor
der schönen Marquise."

„In dem Fall ist Flucht etwas Tapferes. Also auf
Wiedersehen zur Hochzeit in Wildhagen!"

„Oder früher!"

„Jedenfalls auf Wiedersehen!"

Damit trennten sich die beiden Freunde.

*

Seitdem waren etwa zwei Jahre vergangen.
Wildhagens Herz hatte noch keinen Ersatz für Irene
gefunden, aber sie selbst kümmerte ihn nicht mehr.
Er dachte nur noch selten an sie, und wenn es ge-

schaß, ohne Verlangen, ja, ohne Bitterkeit. Sie war ihm gleichgültig geworden. Sie hatte seinen Brief unbeantwortet gelassen und er ihr nicht wieder geschrieben. Dessieux, von dem er in unregelmäßigen Zwischenräumen Nachrichten empfing, tat der Marquise kaum noch Erwähnung, und niemals im Zusammenhange mit Wildhagen.

Günther war nun achtundzwanzig Jahre alt. Er hatte die Verwaltung der Güter übernommen und lebte viel auf dem Lande. Sein Vater drängte ihn keineswegs, sich zu verheiraten. Aber Günther wußte wohl, daß es des alten Herrn letzter großer Wunsch wäre, vor seinem Tode den Sohn und Stammhalter noch glücklich vermählt zu sehen, und eines Abends brachte Günther selbst die Unterhaltung auf diesen Gegenstand. Er erklärte seinem Vater, er dächte ernstlich daran, sich zu guter Zeit auf Brautschau zu begeben. Aber wenn der Vater nichts dagegen hätte, so wollte er sich vorher die ganze Welt ordentlich ansehen. Später, wenn er einmal verheiratet sei, würde das nicht mehr angehen oder mit großen Unbequemlichkeiten und Unkosten verknüpft sein. — Günther hatte während der langen Winterabende auf dem Lande zahlreiche Reisebeschreibungen gelesen. Sie hatten den Wunsch in ihm angeregt, ferne schöne Weltteile kennen zu lernen. Es war schon damals kein großes oder schwieriges Unternehmen mehr, die Reise um die Welt zu machen, und Günther wünschte, diese Fahrt zu unternehmen. Dieselbe würde kaum ein Jahr dauern. Es sollte seine letzte große Reise sein. Nach Beendigung derselben wollte er in Wildhagen bleiben und seinen Vater nicht wieder verlassen.

Der alte Freiherr war zunächst überrascht. Er hatte zwar der großen Entwicklung des Weltverkehrs einige Aufmerksamkeit geschenkt, doch konnte er sich nicht gleich mit dem Gedanken befreunden, daß eine Reise um die Erde ein nur wenig bedenkliches Unternehmen sei. Aber der Vater und der Sohn, die in seltener Eintracht und Liebe nebeneinander lebten, pflegten sich leicht zu verständigen, und so war es auch diesmal. Noch an demselben Abend gab der alte Freiherr seine rückhaltlose Zustimmung zu dem von Günther vorgeschlagenen Reiseplan. Danach wollte dieser sofort seine Vorbereitungen zur Abfahrt treffen, um noch während des Winters die heißen tropischen Länder, Ägypten, Indien, China und so weiter, zu besuchen. Das Frühjahr wollte er in Japan, den Sommer in Amerika verbringen, und zum Herbst 1869, nach etwa einjähriger Abwesenheit, nach Deutschland zurückkehren.

Dies Programm kam bis zum letzten Punkte genau zur Ausführung.

Im Monat Juli langte Günther mit dem großen amerikanischen Dampfer „China", der auf der Linie Hongkong-Yokohama-San Franzisko auf dem Stillen Ozean fuhr, wohlbehalten aus Japan in Kalifornien an. Er war seit drei Vierteljahren unterwegs, und wenn er auch bei seiner empfänglichen, starken Natur des Sehens und Reisens noch nicht gerade müde geworden war, so fing er doch an, sich nach seinem Vater, seiner Heimat, seiner Ruhe zu sehnen. — Er hatte seit vielen Monaten nur mit Fremden verkehrt, und dieser Verkehr war in allen Fällen ein oberflächlicher geblieben. Denn obgleich er, namentlich unter den sogenannten „Pionieren der Zivilisation", einige junge, wilde Bursche kennen gelernt hatte, die ihm schnell sympathisch geworden waren, und mit denen er gern genauere Bekanntschaft gemacht hätte, so hatte er doch nicht Zeit gefunden, dies auszuführen. Die jungen Leute, und zwar gerade diejenigen unter ihnen, die ihm am besten gefallen hatten, waren zurück-

haltender Natur. Er fand sie bereit, jeden Ausflug zu
Wasser oder zu Lande mit ihm zu unternehmen, mit ihm
zu reiten, zu spielen, zu trinken, zu jagen; er gefiel
ihnen augenscheinlich, und sie zeigten sich ihm gegenüber
gastfreundlich in ihrer Art; aber sie fragten ihn nicht,
wer er sei und was er wolle, woher er käme und
wohin er ginge, und nahmen wohl an, daß sein Anteil an ihren Schicksalen nicht größer sei als der ihrige
an dem seinen; von ihren eignen Angelegenheiten
pflegten sie nicht zu sprechen. Wenn Günter sie
verließ, so wußte er kaum mehr von ihnen als ihre
Namen, und daß sie gute Reiter und Schützen und
unerschrockene, starke Männer seien. Er hätte wohl
mehr erfahren können, wenn er bei den Bankhäusern,
an die seine Kreditbriefe gerichtet waren, Erkundigungen
über diesen oder jenen eingezogen hätte, aber er war
nicht neugierig, und sein Bedauern, nicht mehr von seinen
Genossen erfahren zu haben, entsprang einzig dem
Wunsche, der manchmal in ihm aufgetaucht war, sich
dem einen oder andern näher anzuschließen. Das
war aber niemals möglich gewesen, und er hatte bei
jedem Abschiednehmen von seinen neuen Bekannten
das Gefühl gehabt, daß er, aller Wahrscheinlichkeit
nach, keinen von ihnen wiedersehen werde. Das hatte
ihn manchmal wehmütig gestimmt, denn er hatte ein
Herz, das, was es einmal, wenn auch leicht in sich
geschlossen hatte, ordentlich festhielt.

Die Empfehlungsbriefe, die Günther für San Franzisko mit sich führte, brachten ihn sofort in die beste
dortige Gesellschaft. In China und Japan hatte er beinahe ausschließlich mit Männern verkehrt. In San
Franzisko lernte er eine ganz erhebliche Anzahl hübscher
und liebenswürdiger Frauen und Mädchen kennen. In
der Gemütsstimmung, in der er sich befand, erschienen
sie ihm von bestrickendem Liebreiz.

Die jungen Kalifornierinnen sind in der Tat sehr häufig hübsche, verführerische Wesen, mit klaren Augen, schönen Zähnen, makelloser, matter Gesichtsfarbe, kleinen Händen und Füßen und zierlichen, schlanken Figuren. Dazu kommt bei ihnen eine den Europäer zunächst überraschende Sicherheit des Auftretens, die dem Umstande zuzuschreiben ist, daß ein jeder wohlerzogene Amerikaner sich zur ersten Umgangsregel zu machen scheint, einer jeden „Lady", besonders wenn sie hübsch und anmutig ist, als deren untertänigster Diener entgegenzukommen. — In ihrem Anzug huldigen die hübschen Kalifornierinnen nicht immer dem geläuterten Geschmack der Pariser Schönen, aber sie wissen genau, was ihnen gut steht, und putzen sich damit, unbekümmert darum, ob sie dabei über das in Europa übliche Maß des gestattet Auffälligen hinausgehen oder nicht. Günther von Wildhagen würde vielleicht nicht ganz frei von einer gewissen Befangenheit gewesen sein, wenn er im Tiergarten, unter den kritischen Blicken seiner Muhmen, Basen und Kameraden, Florence Gilmore hätte spazieren führen sollen, mit breitkrämpigem Strohhut und in der blendenden Sommertoilette, die sie ihm zu Ehren angelegt hatte. In San Franzisko, in Montgommerystreet war er zufrieden und stolz an der Seite des hübschen, frischen, lachenden und schwatzenden jungen Mädchens, dem reine Lebensfreude und Unschuld auf dem lieblichen, zarten Gesichtchen geschrieben standen.

Florence Gilmore oder „die kleine Floï", wie sie von ihren Verwandten und Freunden genannt wurde, ein blauäugiges, blondes, zierliches Ding, war noch nicht einmal achtzehn Jahre alt, als Günther sie kennen gelernt hatte. Sie war eine Vollblutamerikanerin, denn sie konnte nachweisen, daß ihre Urgroßeltern bereits aus England und Irland eingewandert waren

— und sie war stolz darauf. Ihr Vater war zur
„guten Zeit", im Jahre 1846, aus Neuyork nach Kalifornien gekommen und hatte dort durch glückliche
Land- und Häuserspekulationen ein großes Vermögen
erworben. Ihre Mutter, eine vornehm aussehende,
unbedeutende, herzensgute Frau, stammte aus Boston.
Sie war in dem Kultus des sprichwörtlichen guten
Tones dieser Stadt erzogen und jammerte häufig über
die rauhen Manieren ihres etwas derben Herrn Ge-
mahls und über das laute Treiben ihrer beiden Töchter.
— Floï hatte nämlich eine kaum zwei Jahre ältere
Schwester namens Bella. Bella, Floï und „Papa"
Gilmore waren treue Verbündete, und alle drei waren
der „Mama" mit Herz und Seele ergeben und taten
ihr zuliebe, was sie ihr an den Augen absehen konnten
— bis auf einen Punkt: sie wollten den Bostonton
nicht annehmen und sie wollten das Leben nach ihrer
Weise genießen, und dazu gehörte, daß sie laut sprechen
und lachen und lebhaft gestikulieren durften. Mit den
Jahren hatte sich „Mamma dear", die liebe Mutter,
wohl daran gewöhnen müssen; nur wenn es gar zu
lebhaft in ihrem Salon herging, wenn die Mädchen
tanzten und jubelten und der Vater dazu lachte und
der Mutter Ermahnungen zur Ruhe nicht das geringste Ge-
hör fanden, pflegte sie noch manchmal die Augen empor-
zurichten und verklärten Blickes, mit verzweifeltem
Achselzucken die Hände zusammenzuschlagen, als riefe
sie ihre Bostoner Vorfahren zu Zeugen an, daß sie
an dem Unfug in ihrem Hause unschuldig sei. In
solchen Fällen machte sie auch nicht selten den Versuch, das Gemach zu verlassen. Gewöhnlich wurde sie
durch ihren Mann oder eine ihrer Töchter daran ver-
hindert. Man umarmte sie, bat sie um Verzeihung,
versicherte sie der Zustimmung zur Familienfreude
der entschlafenen Bostoner Großeltern, brachte sie zum

Lachen und versöhnte sie schnell wieder. — Die vier
Leute hatten sich herzlich lieb untereinander und waren
zu der Zeit sehr glücklich.

Günther hatte Florence und Bella im Hause des
Herrn Arthur Winslow, seines Bankiers, kennen gelernt,
und die beiden jungen Mädchen hatten ihn tags darauf,
als er ihnen infolge ihrer Aufforderung einen Besuch
machte, ihren Eltern vorgestellt. Von diesen war
Günther mit ruhiger, vertrauender Herzlichkeit aufgenommen worden. Bella und Florence suchten sich
ihre Bekannten nach eignem Ermessen aus, und die
Eltern hatten noch nie Ursache gehabt, die Freiheit
zu beeinträchtigen, die sie den jungen Mädchen in dieser
Beziehung gewährten.

Bella war mit einem entfernten Vetter in Neuyork
verlobt. Sie zeigte sich deshalb Günther gegenüber
nicht etwa ängstlich zurückhaltend — dazu war sie ihrer
selbst zu sicher — aber sie hatte, wie sie einfach erklärte,
aufgehört zu „flirten" und dies in so ehrlicher Weise,
daß Günther, der auch etwas Beschäftigung für sein
Herz suchte, sofort einsah, er habe sich zu dem Zweck
an die kleine Floï zu wenden. Er tat dies zunächst
ohne irgendwelche andre Absicht als die, sich in Gesellschaft des anmutigen Kindes in harmloser Weise
bestmöglich zu unterhalten. Ging sie darauf ein, so
war es gut und schön; tat sie es nicht, weil er ihr
nicht gefiel oder aus irgendeinem andern Grunde,
so war er bereit, ohne Murren auf sie zu verzichten
und unter ihren jungen Freundinnen, von denen ihm
eine immer hübscher als die andre erschien, Ersatz für
die Widerspenstige zu suchen. Von Verliebtsein war
bei ihm nicht die Rede; darüber war er sich auch selbst
ganz klar. — Indem er darüber nachdachte, kam ihm
zum ersten Male seit längerer Zeit wieder der Gedanke an Irene. Ja, Irene hatte er geliebt, und daher

wußte er, wie sich Liebe bei ihm einstellte und äußerte.
— Die kleine Floi gefiel ihm; das war alles; auch
Bella und Cora und Mary und Edith würden ihm
gefallen haben, wenn sie sich ebensoviel mit ihm hätten
beschäftigen wollen, wie Florence es tat. Nach und nach
jedoch — und zwar bedurfte es dazu nicht vieler Tage
— trat sie seinem Herzen näher. Wenn er in eine
Gesellschaft kam, in der Florence sich nicht befand,
so empfand er bald Langeweile und entfernte sich
wieder; war sie dagegen anwesend, so fand er sofort
ihre lachenden jungen Augen, die ihn an ihre Seite
riefen, und dann flogen die Stunden so rasch dahin,
daß es ihn wunderte und verdroß, wenn sie ihn endlich
darauf aufmerksam machte, daß es wohl an der Zeit
sei, aufzubrechen. Nicht selten geleitete er sie dann
noch bis vor die Tür ihres Hauses, und einige Male
durfte er ihr bei der Gelegenheit den Arm geben,
was ihm große Freude machte. Eines Abends überraschte er sich in der Betrachtung ihres Händchens, das
nachlässig und leicht auf seinem Arm ruhte.

„Der Mann wäre wohl glücklich zu nennen,“ sagte
er sich später, als er allein war, „der als Beschützer
der kleinen Floi an ihrer Seite durchs Leben wandeln
würde.“ Er hatte sich früher oftmals klar gemacht,
daß er Irene nicht verstände; — Florence erschien
ihm durchsichtig wie Kristall, und alles, was er an
ihr sah und erkannte, war licht und rein. Es wurde
ihm recht schwer ums Herz, wenn er daran dachte,
daß er Kalifornien nun bald und damit auch seinen
kleinen Liebling verlassen sollte.

Eines Abends, im Gilmoreschen Salon, fing er an,
von seiner bevorstehenden Abreise zu sprechen. Die
Mutter und Bella nahmen die Mitteilung, die für sie
nichts Überraschendes haben konnte, mit höflichem Bedauern entgegen; Florence öffnete ihre großen Kinder-

augen noch weiter und sah ihn starr und stumm an, mit unverkennbarem Schrecken auf dem Gesichte.

„Wann werden Sie abreisen?" fragte Frau Gilmore.

„Noch vor Ende dieses Monats," antwortete Günther. „Also in fünf oder sechs Tagen etwa."

„Das ist schade!" fuhr Frau Gilmore fort; „wenn Sie noch etwas warten wollten, so könnten wir die Reise nach Neuyork zusammen machen."

Und auf Günthers Frage setzte sie diesem auseinander, daß die Vermählung ihrer Tochter Bella gegen Ende August in Neuyork stattfinden und daß sich die ganze Familie in spätestens vierzehn Tagen nach den Oststaaten begeben werde.

„Mein Mann, der immer viel zu tun hat," schloß Frau Gilmore, „reist vielleicht am zwanzigsten August. Aber wir drei, die Mädchen und ich, werden uns voraussichtlich schon am zehnten auf den Weg machen."

„Wir würden uns sehr freuen, wenn Sie uns begleiten wollten," sagte Bella.

„Natürlich!" bestätigte Frau Gilmore. „Können Sie Ihre Abreise nicht noch etwas verschieben?"

Günther konnte es eigentlich ganz gut. Er wurde erst zum Herbst von seinem Vater erwartet. Wenn er Mitte September von Neuyork abreiste, so war das früh genug. Es war ursprünglich sein Plan gewesen, die letzten sechs Wochen seines Aufenthaltes in Amerika zu benutzen, um die Vereinigten Staaten nach verschiedenen Richtungen hin zu durchstreifen.

„Aber wozu?" fragte er sich jetzt. „Um noch ein oder zwei Dutzend großer Städte kennen zu lernen, die ich heute übers Jahr vergessen haben werde?"

Er blickte sinnend vor sich hin, ohne Frau Gilmores Frage zu beantworten. Als er die Augen wieder aufschlug, war der Stuhl, den Florence kurz vorher eingenommen hatte, leer. Sie war leise aufgestanden und hinausgegangen, ohne daß Günther es bemerkt hätte.

„Wo ist mein großer Freund?" fragte er.

Herr Gilmore hatte einmal leichthin gesagt, Florence sei Herrn von Wildhagens großer Freund, und seitdem pflegte Günther scherzend sie so zu nennen.

„Wo ist mein großer Freund?" wiederholte er.

Frau Gilmore, die mit einer weiblichen Arbeit beschäftigt war, sagte:

„Ja, wo ist das Kind hingegangen?"

Bella zeigte stumm nach der Veranda.

„Ich werde sie zur Beratung hereinholen," sagte Günther und verließ das Zimmer.

Als er gegangen war, sprach Frau Gilmore leise und ängstlich zu ihrer ältesten Tochter:

„Bella, das ist nicht ganz richtig mit Florence. Sie sah wie verstört aus, als Herr von Wildhagen von seiner Abreise sprach."

„Das habe ich längst kommen sehen," antwortete Bella ruhig.

„Wie? Was?" fragte die Mutter bestürzt.

„Nun, Floï hat sich in Wildhagen verliebt."

„Um Himmels willen, Bella! Treibe es ihr wieder aus dem Kopfe!"

„Aber warum denn? Mir gefällt Wildhagen ganz gut."

„Du bist nicht recht gescheit! Wir kennen den Mann gar nicht. Gott weiß, was er für Absichten hat. Und glaubst du, daß dein Vater jemals seine Zustimmung dazu geben werde, daß Floï einen Fremden heirate; und daß ich mich von dem Kinde trenne und sie nach Europa ziehen lassen würde?"

„Liebe Mama," erwiderte Bella, „Herr von Wildhagen ist ein ordentlicher und anständiger Mann. Ich habe mich bei Arthur Winslow nach ihm erkundigt. Arthur sagte mir, er sei seinem Vater von ihrem Londoner Bankier in außergewöhnlich warmer Weise als ‚höchst achtungswert‘ anempfohlen worden. Der deutsche Konsul grüßt ihn höflichst, wenn er ihm begegnet. Er hat neulich, einzig Wildhagen zu Ehren, eine große Gesellschaft veranstaltet. — Hast du nicht auch bemerkt, wie er dort ausgezeichnet wurde? Ich habe übrigens schon vor acht Tagen an Henry“ — dies war Bellas Bräutigam — „geschrieben, er solle genaue Erkundigungen über Wildhagen einziehen. Wenn wir nach Neuyork kommen, werden wir alles erfahren, was wir zu wissen brauchen.“

„Ich will gar nichts wissen,“ sagte Frau Gilmore ungeduldig. „Meine Kinder sollen sich in Amerika verheiraten. Geh zu Florence und bringe sie herein. Sie soll nicht mehr mit dem Fremden allein sein.“

„Laß nur, Mutter,“ beruhigte Bella mit sicherer Überlegenheit, „das Übel ist nun einmal geschehen; heute abend wird es nicht mehr schlimmer werden. Wenn Herr von Wildhagen euch mißfällt, so werde ich Florence schon zur Vernunft bringen.“

„Er mißfällt mir nicht, aber er ist ein Fremder, und ich will nicht, daß er mir mein Kind fortnimmt. Bring sie herein — oder ich hole sie selbst!“

Dem wollte Bella vorbeugen. Sie erhob sich deshalb, um auf die Veranda zu gehen.

Dort hatte sich inzwischen ein für die Beteiligten sehr wichtiger Auftritt abgespielt. Als Günther auf die Veranda trat, stand die kleine Floï an einen Pfeiler gelehnt und blickte in die dunkle, stille Nacht hinaus. Günther hatte nicht beabsichtigt, sie zu überraschen, und trat laut genug auf, als er sich ihr näherte, aber sie tat, als ob sie ihn nicht kommen hörte. Als er neben ihr stand, rief er sie leise bei Namen, und da wandte sie sich langsam zu ihm. —

Sie hatte geweint; aber was Günther, der dies wohl bemerkte, noch viel mehr rührte, das waren die ehrlichen, ungeschickten Anstrengungen, die sie machte, ihre Gemütsbewegung zu beherrschen und zu verbergen. Sie erschien dem jungen Mann dabei so mädchenhaft stolz und doch wieder so hilflos und schwach, daß innigstes Mitleiden ihn übermannte und er ihr am liebsten gleich gesagt hätte: „Liebe Floi, weine nicht, ich mache alles wieder gut.“ Aber dazu oder zu Ähnlichem sollte es an jenem Abend noch nicht kommen.

„Ist es nicht unerträglich heiß?“ sagte sie klagend. „Ich habe solche Kopfschmerzen! Ich sehe gewiß ganz blaß aus.“

Es lag Günther fern, Florence verlegen machen zu wollen, und er ging bereitwillig auf die durchsichtige kleine Komödie ein, die sie vor ihm aufführte.

„Ja, es ist sehr heiß,“ sagte er, „und es wundert mich gar nicht, daß Sie Kopfschmerzen haben. Ich fühle mich auch angegriffen.“

Florence war beruhigt, Günther über die Ursache ihrer Niedergeschlagenheit so vollständig getäuscht zu haben, und wandte sich wieder von ihm ab. Günther beobachtete die fast noch kindlichen Umrisse des lieblichen Gesichts, das schöne, weiche blonde Haar, den schmalen weißen Nacken, den süßen roten Mund, dessen schwellende Lippen, wie die eines schmollenden Kindes, das soeben geweint hat, leicht geöffnet waren.

„Fräulein Florence,“ sagte er.

„Ja?“ kam es klagend und fragend von ihr zurück.

„Was würden Sie dazu sagen, wenn ich meine Abreise verschöbe, um Sie bis nach Neuyork zu begleiten?“

Wie von einem warmen Sonnenstrahl getroffen, leuchteten plötzlich freudig und hell die großen, klaren

Augen, die vor einer Sekunde noch so traurig geblickt hatten. Aber das junge Mädchen hielt den Ausdruck ihrer Freude zurück und sagte ruhig, wie — so meinte sie — Bella und Mama und jeder andre höfliche Mensch auch gesprochen haben würde:

„Das wäre sehr freundlich von Ihnen!"

Das junge Herz war zum Zerspringen voll; die Brust hob und senkte sich schnell. Vielleicht hatte sie in der Ängstlichkeit, ihre Gefühle zu verbergen, zu wenig gesagt. Er durfte jedenfalls nicht glauben, daß ihr sein Bleiben gleichgültig sei.

„Ach ja, bleiben Sie!" fuhr sie fort. „Ich würde mich so darüber freuen, unter Ihrem Schutze zu reisen, und ich würde Sie gar nicht quälen. Ich will alle meine Pakete und Taschen selbst tragen. Nur die Reisedecke müßten Sie mir manchmal abnehmen, die kann ich nicht allein tragen, sie ist zu schwer für mich," und dabei zitterte ihre Stimme und die Tränen traten ihr wieder in die Augen und sie streckte mit rührender Bewegung ihre zarten Händchen vor, als nähme sie diese zum Zeugen ihrer hilfsbedürftigen Schwäche.

„Nun," sagte der glückliche Günther, „dann muß ich natürlich auf Sie warten! Wer sollte sonst die schwere Decke tragen?"

In dem Augenblick erschien Bella.

„Herr von Wildhagen begleitet uns nach Neuyork," sagte Florence in freudiger Aufregung.

Darauf antwortete Bella genau so, wie ihre Schwester es getan hatte, als sie ihre Gemütser-regung verbergen wollte. Sie wandte sich mit einer artigen Bewegung zu Wildhagen und sagte in herz-lichem Tone:

„Das ist sehr freundlich von Ihnen!"

Wildhagen gefiel der älteren Schwester, und er

sowohl wie Florence durften auf sie wie auf eine treue Verbündete rechnen.

Bella wußte schon längst, was in Florencens Herzen vorging. Wenn diese ihr noch nicht gestanden hatte, daß sie Wildhagen liebte, so war dies nicht aus Mangel an Vertrauen geschehen, sondern weil das junge Mädchen selbst noch nicht erkannt, sich noch nicht zu gestehen gewagt hatte, daß sie liebte. Für Bella war dies aber kein Geheimnis mehr, und deshalb hatte sie auch bereits bei ihrem Freunde Arthur Winslow und ihrem Bräutigam Henry Conrey Erkundigungen nach Wildhagen eingezogen. Ihre nächste Sorge war nur, eine Erklärung zwischen Florence und Günther so lange hinauszuschieben, bis die Auskunft über Wildhagens Verhältnisse eingetroffen sein würde. Lautete diese günstig, so rechnete sie zuversichtlich darauf, daß es ihr gelingen werde, Vater und Mutter zu bewegen, ihre Zustimmung zu der Verbindung zwischen Florence und Günther zu geben. Auch Bella hätte ihre kleine Schwester lieber an einen Amerikaner als an einen Fremden verheiratet gesehen, aber Wildhagen gefiel ihr ganz besonders. Er sah gut und ehrlich aus und sie hatte — außer ihrem Henry — noch niemand angetroffen, dem sie ihre geliebte Floï so ruhig hätte anvertrauen mögen wie dem neuen deutschen Freunde. Der Gedanke, daß Günthers Erklärung doch auch noch abgewartet werden müsse, daß man noch nicht wissen könne, ob er überhaupt gewillt sei, Florence zu seiner Frau zu machen — der Gedanke beunruhigte Bella nicht. — Wo gab es ein hübscheres, besseres Mädchen als Floï? — Günther müßte blind sein, um sich über ihren Wert zu täuschen. Aber er war nicht blind! Das erkannte die kluge Bella wohl an dem Aufleuchten seiner Augen, wenn sie Florence erblickten. In diesem

Augenblick strahlten diese Augen in heller Freude. — Sollte er bereits gesprochen haben? — Bella warf einen fragenden Blick auf ihre Schwester und war beruhigt. Florence, wenn schon sie zufrieden schien, wenn schon die argen Kopfschmerzen, die sie geplagt hatten, sicher ganz verschwunden waren, sah doch nicht so aus, wie sie ausgesehen haben würde, wenn ihr kurz vorher eine so beglückende Liebeserklärung gemacht worden wäre.

„Wir dürfen die arme Mama nicht so lange allein lassen," sagte Bella, und damit ging sie voraus in das Empfangszimmer zurück. Die beiden andern folgten ihr.

Frau Gilmore empfing ohne große Wärme die Mitteilung, daß Herr von Wildhagen seine Abreise verschoben habe und die Fahrt nach Neuyork mit ihnen machen würde; aber sie war zu gut bostonisch geschult, um Verstimmung darüber zu zeigen. Sie nahm sich vor, Florence in Zukunft strenger zu über-wachen und sie ferner nicht mehr allein mit dem Fremden zu lassen. Ein derartiges Überwachen des jungen, vertrauenswürdigen Mädchens war schlecht mit den Grundsätzen zu versöhnen, nach denen ihre Töchter erzogen worden waren. Aber in dem vor-liegenden Falle mußte Frau Gilmore gegen ihren Wunsch davon abweichen. — Wildhagen war ein Fremder; und Amerikaner allein besaßen die wahre Würdigung der Freiheit, die man einer jungen Ame-rikanerin gestatten darf. Wildhagen, wenn er auch sonst ein ganz anständiger Mensch sein mochte, war unter Bedingungen aufgewachsen, die es ihm nahezu unmöglich machten, die Haltung eines amerikanischen Mädchens richtig zu beurteilen. — So dachte Frau Gilmore. Sie überlegte sich, ob sie ihrem Mann von ihren Beobachtungen sprechen sollte. — Er war immer

gleich so heftig und hatte vor seiner Abreise nach
Neuyork noch so vieles zu ordnen. Sie wollte ihn
nicht unnütz beunruhigen. Wildhagen würde Amerika
in wenigen Wochen verlassen; dann war nichts mehr
von ihm zu befürchten. Bis dahin wollte sie auf ihn
und auf Florence acht geben, und Bella, die ein
folgsames und vernünftiges Mädchen war, beauf-
tragen, ein gleiches zu tun. Im Notfall blieb immer
noch Zeit, Herrn Gilmore zu Hilfe zu rufen.

Wildhagens Verhältnis zu Florence unterlag während der nächsten vierzehn Tagen einigen oberfläch-
lichen Veränderungen, die Frau Gilmore in der Absicht bestärkten, sie habe wohlgetan, von dem kleinen
Roman, der sich unter ihren Augen abspielte, gar
nicht zu sprechen. — Florence hatte mit dem Augenblicke, da sie zur Erkenntnis ihrer Liebe gekommen
war, ihre frühere Unbefangenheit Wildhagen gegenüber gänzlich verloren. Sein Blick begegnete nur
noch selten dem ihrer Augen. Sie rief ihn nicht mehr
an ihre Seite, und wenn er in ihrer Nähe war, so
machte sie sich irgend etwas zu schaffen, was es ihm
erschwerte, sich ungestört mit ihr zu unterhalten. —
Zwei oder dreimal hatte er einen Blick von ihr überrascht, der ihn verwirrt hatte. Das waren nicht mehr
die Kinderaugen, in die er ruhig hineingeblickt hatte
wie in den hellen Spiegel einer Seele, die nichts zu
verbergen hat und nichts verbirgt. Es war jetzt der
traurige, ängstliche Blick einer Schuldbewußten. —
Ja, die arme kleine Floï fühlte sich schuldig — schuldig, zu lieben! Sie weinte darüber am Hals ihrer
geliebten Bella, ohne gestehen zu wollen, weshalb
ihre Tränen flossen, und sie weinte sich darüber in
den Schlaf. Aber sie stand jeden Morgen frisch und
wohl auf. Schöner Liebeskummer von der Art, wie
Florence ihn empfand, zehrt nicht an gesunden jungen

Herzen. Frau Gilmore bemerkte von demselben nur, daß Florence dem Fremden gegenüber tadellose Zurückhaltung beobachtete. Das war alles, was sie in dem Augenblicke wünschte.

„Ja, meine Töchter!" sagte sie sich voll mütterlichen Stolzes. „Die brauchen mir keine Sorge zu machen, die sorgen für sich selbst. Florence hat verstanden, ohne daß es auch nur eines Wortes von mir bedurft hätte, daß ein amerikanisches Mädchen nur mit einem Amerikaner glücklich sein kann. In den Vereinigten Staaten allein nimmt die Frau die ihr gebührende Stelle ein. Florence hat sich auf Kosten des jungen Fremden vielleicht ein bißchen zu viel unterhalten! Sie ist ein kleiner ‚Flirt‘, das Mädchen! Aber sollte ich sie deswegen schelten? Es ist des Fremden Schuld, wenn er nicht verstanden hat, daß sich ein amerikanisches Mädchen durch Freundlichkeit einem jungen Manne gegenüber nicht kompromittiert."

Wildhagen wurde der guten Frau wieder ganz sympathisch, seitdem er ihr gewissermaßen als der leidende Teil erschien, und sie sah ihn während der nächsten vierzehn Tage kommen und gehen, ohne daß sein Zusammensein mit Florence sie sonderlich beunruhigt hätte; doch wußte sie es so einzurichten, und Bella unterstützte sie dabei, daß die jungen Leute nicht mehr ungestört allein blieben.

Wildhagen, dem Florence mit jedem Tage teurer wurde, hatte sich trotzdem in ruhiger, überlegender Weise seinen Plan gemacht. — Florencens Zurückhaltung täuschte ihn nicht. Ihre mädchenhafte Scheu gefiel ihm, wie alles, was er von ihr sah. Er zweifelte nicht mehr an ihrer Liebe für ihn, und er war seiner Liebe zu dem jungen Mädchen ganz sicher; aber er verlor darüber nicht den Kopf. Auch sein Appetit und sein Schlaf blieben ungestört. — Er hatte sich klar gemacht, daß der Antrag eines unbekannten Fremdlings vom Vater und von der Mutter der Geliebten abgewiesen werden würde. In Kalifornien war niemand, der seine Verhältnisse so genau kannte, daß er den Eltern Auskunft über ihn hätte geben können, die ihre berechtigte Ängstlichkeit vollkommen beschwichtigt hätte. In Neuyork und in Washington lagen die Sachen in dieser Beziehung weit günstiger für ihn. Dort hatte er persönliche Bekannte auf dem Konsulat sowohl wie auf der Gesandtschaft, und diese waren in der Lage, auf jede Anfrage über seine Verhältnisse und seinen Ruf eingehende Mitteilungen zu machen. Dies würden sie, wenn Wildhagen sie darum ersuchte, auch sicherlich tun. — Günther wollte demnach die nächsten Wochen einzig dazu benutzen, sich in Florencens Herzen womöglich noch fester zu setzen und das Wohlwollen und Vertrauen der Eltern zu gewinnen. Er fühlte heraus, daß Bella bereits vollständig auf seiner Seite stand, und sein Benehmen ihr gegenüber war ein zutraulich freundliches. Sie ihrerseits behandelte ihn wie einen Vertrauten. Zwar sprach sie nicht von seiner Liebe zu Florence, aber ihre junge Weisheit war bemüht, ihn über den Charakter der Schwester zu belehren und ihm klarzumachen, wie sie zu behandeln sei, damit sie so glücklich werde, wie sie es verdiene. Eine ihrer Reden schloß sie mit den Worten:

„Der Mann, dem Florence ihr Herz schenkt, wird ein großes Los in der Lotterie des Lebens gezogen haben, und wenn er gut und ehrlich ist, so wird es ihm leicht werden, Florence glücklich zu machen. Wenn er sie unglücklich machte, so wäre er ein Elender!"

Wildhagen war in dieser Beziehung unbesorgt.

„Ich werde sie glücklich machen," sagte er sich.

Als Günther, von Herrn Gilmore und zahlreichen

San Franziskoer Bekannten zur Bahn begleitet, mit Frau Gilmore und den beiden jungen Mädchen in den Eisenbahnzug stieg, der sie über Omaha und Chikago nach Neuyork bringen sollte, da ruhte sein Blick mit Stolz und Wohlgefallen auf Florencens lieblicher Gestalt. — Sie trug einen dunkelgrauen, knappen Reiseanzug und einen ganz einfachen Hut, unter dem ihr zartes Köpfchen mit den klaren blauen Augen und dem rosigen Kindermund wie das einer Märchenprinzessin hervorblickte. — So einfach sollte sie sich immer kleiden, wenn er erst darüber zu bestimmen hatte! Er sah im Geiste den Blick seines Vaters, wie dieser mit freudiger Rührung die kleine Schwiegertochter begrüßte, die der Sohn von der Reise mit nach Hause gebracht hatte. — Ja, er hatte eine gute Wahl getroffen!

„Jetzt beginnt der Dienst," sagte Günther, als sie alle vereint im Wartesaale standen. „Wo ist die schwere Decke!"

„Hier!" sagte Florence, mit verschämten und gleichzeitig treuherzigem Lächeln auf ein kleines, ordentlich zusammengerolltes Paket deutend, in dem ein Regenrock und ein Plaid zusammengeschnürt waren. Wildhagen ergriff es. Es wog wohl drei oder vier Pfund.

„Ja, das ist erschrecklich schwer," sagte er ernsthaft.

Sie wußte wohl, daß er sie durchschaute. Aber was machte es jetzt noch aus? Sie würde sechs Tage lang von früh bis spät mit ihm zusammen sein, immer seine guten Augen sehen, seine liebe Stimme hören! Sie war strahlend vor Glück, und alle Welt mochte wissen, daß sie sich glücklich fühlte.

Die lange Fahrt bis nach Chikago verlief ohne jeden bemerkenswerten Zwischenfall. Die kleine Gesellschaft reiste unter günstigen Bedingungen. Die drei Damen hatten in einem der Schlafwagen eine große Abteilung für sich genommen, in die sie sich des Nachts zur Ruhe zurückzogen. Während des Tags waren die vier in einem mit vielen Bequemlichkeiten ausgestatteten sogenannten „Salonwagen" versammelt. Günther sorgte für Essen und Trinken, für Bücher und Zeitungen und erntete für seine unermüdliche Aufmerksamkeit Frau Gilmores Anerkennung.

Florence glaubte, bei Günther entschuldigen zu müssen, daß man ihn so sehr in Anspruch nehme.

„Sie bedauern gewiß, daß Sie nicht allein gereist sind. Sie hätten es so schön und ruhig haben können. Jetzt müssen Sie den ganzen Tag für uns sorgen."

„Ja, und die schwere Decke tragen!" bemerkte Günther.

„Man kann nicht ernsthaft mit Ihnen sprechen," sagte Florence; aber sie war glücklich.

Als der Zug in den Bahnhof von Chikago einlief, stieß Bella, die am Fenster stand, einen Ausruf der Freude aus.

„Henry!"

Der junge Mann war seiner Braut entgegengereist. Die Begrüßung zwischen den beiden und zwischen dem Neuangekommenen und Frau Gilmore und Florence war eine überaus herzliche. Erst nach fünf Minuten fiel es Bella ein, Herrn von Wildhagen vorzustellen. Conrey reichte diesem die Hand und sagte dabei mit besonderem Ausdruck, als wolle er zu erkennen geben, daß es sich diesmal nicht nur um die üblichen Begrüßungsworte handelte:

„Es freut mich ungemein, werter Herr, Ihre Bekanntschaft zu machen. Ich fühle mich dadurch geehrt."

Worauf Florence, obschon sie ihren zukünftigen

Schwager bereits begrüßt hatte, ihm noch einmal die
Hand drückte und ausrief:

„Es ist zu freundlich von Jhnen, Henry, daß Sie
uns diese angenehme Überraschung bereitet haben!"

„Natürlich, natürlich!" sagte Henry, ein langer,
hagerer junger Mann mit den typisch amerikanischen,
scharf gezeichneten Zügen und offenem, angenehmem
Gesichtsausdrucke. Gleich darauf wandte er sich an
Bella und flüsterte ihr zu: „Jch habe zuverlässige und
die allerbeste Auskunft über Herrn von Wildhagen."

Henry Conrey hatte Vorrichtungen getroffen, welche
Frau Gilmores bereitwillige Zustimmung fanden,
wenn schon der ursprüngliche Reiseplan dadurch etwas
abgeändert wurde. Danach wurde nun beschlossen,
daß die Gesellschaft zunächst noch zwei Tage in Chikago
bleiben sollte, um den Ort kennen zu lernen, auf
dessen schnelles Wachstum zu einer Riesenstadt die
meisten Amerikaner stolz sind. Sodann wollte Henry
den beiden Mädchen die Niagarafälle zeigen, die sie
noch nicht kannten.

Günthers Zustimmung zu dem neuen Programm
schien als selbstverständlich vorausgesetzt zu werden.
Florence fand dies wohl etwas rücksichtslos, denn sie
fragte ihn schüchtern, ob er ihnen auch ferner Gesellschaft leisten werde.

„Ja, wenn ich nicht störe," antwortete Günther.

Er war durch die freie Art, in der man über ihn
verfügte, nicht gerade verletzt, aber sie setzte ihn etwas
in Verlegenheit.

„Bella! Henry!" rief Florence sogleich; „sagt
doch Herrn von Wildhagen, daß er uns nicht verlassen
darf. Denkt euch, er meinte, er könnte uns stören!"

Die herzlichen Worte, mit denen die beiden auf
ihn einsprachen, bewiesen, daß dies in der Tat nicht
der Fall sei.

„Aber natürlich rechnen wir auf Sie," sagte Henry. „Sie sind doch nicht böse, daß ich nicht vorher mit Ihnen beraten habe? Ich nahm an, Sie hätten wie ich gebundene Marschroute: wo die drei Damen hin= reisen, da müssen wir folgen!"

Günther nickte zustimmend, und damit war die Sache abgemacht.

Im Laufe des Abends hatte Bella eine lange Unterredung mit Henry über Günther. Conrey las ihr einen Brief seines zurzeit in Europa weilenden Bruders vor. Dieser, der den möglichen Eintritt eines Fremden in seine Familie als eine sehr ernste Sache betrachtete und keineswegs schwerfällig war, hatte es am zweckmäßigsten gefunden, mit guten Empfehlungen versehen nach Berlin abzureisen, um dort Erkundigungen über Wildhagen einzuziehen. Er hatte nur Vorteilhaftes gehört. Wildhagens Familie war vornehm, angesehen, reich. Vater und Sohn er= freuten sich des besten Rufes.

„Ich habe mich bemüht, Schlechtes über den jungen Mann zu erfahren," fuhr der Brief fort, „aber es ist mir nicht gelungen. Er ist nicht einmal zank= süchtig, kränklich, häßlich, verwachsen, ein bißchen Spieler oder Trinker. Ich bedaure es; denn, offen gesagt, ich hätte zu einer Verbindung mit einem Fremden lieber ab= als zugeraten. Aber wie die Sache nun einmal liegt, muß ich bekennen, daß ich, nach allem, was ich erfahren habe, Herrn von Wild= hagen als einen ehrenwerten und vertrauenswürdigen jungen Mann bezeichnen kann. Auch hat man mir die große Liebenswürdigkeit seines Charakters und seine guten Manieren gerühmt. Er soll herzensgut sein — kurz, eine ‚perfection‘."

Bella war sehr erfreut über diese Mitteilungen.

„Nun haben wir nur noch Mama zu bekehren,"

sagte sie. „Papa ist nicht so ‚exklusiv‘ wie sie. Wenn er deines Bruders Brief gelesen hat, so gibt er ohne weiteres seine Zustimmung. Er verlangt für Florence vor allem einen guten, anständigen Mann, den sie lieben und ehren kann, und den haben wir ja in Wildhagen gefunden.“

„Noch eins!“ sagte Henry bedächtig. „Hat sich denn der junge Mann überhaupt schon erklärt?“

„Nein!“ antwortete Bella; „dazu habe ich es natürlich noch nicht kommen lassen.“

„Ja, wäre es denn doch nicht vielleicht anzuempfehlen, daß wir uns zunächst Klarheit über seine Absichten verschafften?“

„Dafür laß mich sorgen,“ sagte Bella mit selbstgefälliger Überlegenheit.

Sie sorgte in der Tat ganz gut dafür. Am Niagara veranstaltete sie in der Nähe der Fälle einen späten Spaziergang, von dem die „liebe Mama“, der man gesagt hatte, sie sei ruhebedürftig, ausgeschlossen wurde. Henry bot seiner Braut den Arm, und Günther tat ein Gleiches mit Florence. Die beiden Pärchen verloren sich in der Dämmerung aus den Augen, und als sie sich später in der Nähe des Gasthauses wiederfanden, da lag in Florencens glücklichem Blick ein Schimmer, der der erfahrenen älteren Schwester keinen Zweifel darüber ließ, daß Günther „gesprochen“ habe.

Als dieser zu später Stunde, nachdem sich seine Begleiter längst zurückgezogen hatten, ruhelos, aber unbeschreiblich glücklich, in den weiten Anlagen in der Nähe der Fälle einsam umherwanderte, da drängte sich ungerufen auch Irenens Bild vor seine Seele. Er sah das bleiche, schöne Antlitz mit den wunderbaren, tiefen, müden Augen, und es lag darin ein Ausdruck kalten, überlegenen Hohnes. Er dachte an den letzten Spaziergang mit der Marquise im Garten des Hotel Brô. — Seine Pulse hatten damals in fieberhafter Aufregung geschlagen, leidenschaftliches Sehnen und Verlangen sein ganzes Wesen erfüllt, und wie seine Lippen die ihrigen berührt hatten, da war ihm jede Herrschaft über sich geschwunden. — Er machte jetzt unwillkürlich eine abwehrende Bewegung mit der Hand, als wollte er etwas Böses, Gefährliches von sich zurückweisen. — Wie ruhig, froh war er dagegen gewesen, als er der kleinen Floï, die vertraulich, glücklich an seinem Arm hing, seine Liebe gestanden hatte. Sie hatte gezittert, Tränen des Glücks waren in ihre Augen getreten; zärtlich, ohne jede Scheu, hatte sie seinen Kuß erwidert, und ihm dann die Hand gereicht; und so, Hand in Hand mit ihr, war er ruhig und froh weitergegangen, um nun mit dem kleinen, unerfahrenen Dinge, an das er sich durch den einen Kuß so fest gebunden wußte wie durch die heiligsten Schwüre, ernst zu überlegen, was noch geschehen müßte, um die ganze Sache in Ordnung zu bringen. — Wie schrecklich war der Abend nach dem letzten Spaziergange im Garten des Hotel Brô gewesen! Er konnte nicht ohne Schaudern daran zurückdenken. — Wie zufrieden, voll Vertrauen auf die Zukunft war er jetzt!

Florence hatte in der Unterhaltung mit Günther, die der Liebeserklärung gefolgt war, vorgeschlagen, daß sie zunächst Bella und Henry in ihr Geheimnis einweihen wollten. Diese würden schon Rat wissen, wie die Angelegenheit der Mutter vorzutragen sei, um diese dem neuen Liebesverhältnis geneigt zu machen. Günther hegte in dieser Beziehung keine übertriebene Besorgnis. — Er war „eine gute Partie", wie man sagt, und sich dessen bewußt, wenn schon er ein durchaus bescheidener Mensch war. Frau Gilmores Mißtrauen gegen alle Fremden, einfach, weil sie nicht Amerikaner waren, kannte er nicht. Er erzählte Florence, daß er in Neuyork in der Lage sein würde, ihren Eltern Auskunft über seine Verhältnisse zu geben. Dieselbe würde hoffentlich so ausfallen, daß Herr und Frau Gilmore kein Bedenken tragen würden, ihm ihre Tochter anzuvertrauen. — „Die Hauptsache ist, daß du mich liebhast," sagte er, „der Rest wird sich schon finden."

„Ach, ja! Ich habe Sie lieb," antwortete sie, sich an ihn schmiegend, „und ich bin unbeschreiblich glücklich."

Bald nach der Ankunft in Neuyork hatte Günther in aller Form bei Frau Gilmore um die Hand ihrer Tochter Florence angehalten. Frau Gilmore hatte sich Bedenkzeit erbeten. Der Antrag hatte sie peinlich überrascht, und sie war klagend zu Bella gekommen, um dieser ihr sorgendes Herz auszuschütten. Sie hatte dort keinen Trost und keine Unterstützung gefunden. Im Gegenteil: Bella und später auch Henry waren als warme Anhänger Günthers aufgetreten. Frau Gilmore hatte mit ihnen gestritten, zu Tränen ihre Zuflucht genommen — schließlich hatte sie nachgeben müssen. Sie war den vereinten Kräften ihrer Kinder nicht gewachsen. Diese wiesen ihr nach, daß es grausam von ihr sei, auf ihren Vorurteilen zu bestehen und denselben das Glück der guten Florence zum Opfer bringen zu wollen. Und so hatte die arme Frau denn schließlich, wenn auch noch immer mißtrauisch und ängstlich, auf Günthers Antrag geantwortet, die Entscheidung darüber liege einzig bei Herrn Gilmore; sie könne seinen Entschließungen in bezug auf Florence nicht vorgreifen; aber sie werde dieselbe auch nicht zu beeinflussen versuchen. — In diesem Sinne handelte sie denn auch.

Als Florencens Vater wenige Tage später in Neuyork eintraf, sagte ihm Frau Gilmore, ohne eine Miene zu verziehen, trocken und ernst:

„Herr von Wildhagen hat um Florence angehalten."

Aber Herr Gilmore war weder bestürzt noch sonderlich überrascht und zeigte keineswegs so große Beunruhigung, wie die ängstliche Mutter erwartet und auch gewünscht hatte. Er erkundigte sich nach Wildhagens Verhältnissen, und nachdem die ehrliche Frau Gilmore ihn deswegen an Henry Conrey verwiesen und er mit diesem gesprochen hatte, gab er, wenn auch ohne Begeisterung, seine Zustimmung zu Florencens Verlobung mit Herrn Günther von Wildhagen.

Der Tag der Vermählung Bellas mit Henry Conrey, der inzwischen nahe gerückt war, wurde gewählt, um das neue große Familienereignis den Freunden und Verwandten des Hauses bekanntzugeben. Nachdem auch dies geschehen war, und Günther an der Seite der im Glücke strahlenden kleinen Floi viele herzliche Glückwünsche empfangen hatte, verlebte er noch einen schönen, durch nichts getrübten Monat in Amerika.

Frau Gilmore hatte sich in ihr Schicksal gefügt, machte gute Miene zum bösen Spiel und ließ die geliebte Tochter ihr reines Glück voll genießen. Florence und Günther waren von früh bis spät zusammen. Die ganze Familie hatte sich nach Neuport begeben und niemand machte Günther das Recht streitig, seiner Braut die großen Schönheiten von Rhode=Island und Naraganset=Bay zu zeigen und mit ihr zu genießen. Sie wurde ihm mit jedem Tage teurer: wegen ihrer Herzensgüte, die er jetzt erst erkennen lernte, wegen ihrer kindlichen Schwäche,

97

die sie auf ihn, den starken Mann, zum Schutze und zur Stütze anwies, wegen ihrer zarten Schönheit, die erst im Glück voll erblüht war und in der sie von unwiderstehlicher Anmut erschien, und endlich wegen ihrer großen, vertrauenden, hingebenden Liebe zu ihm, den auserwählten Bräutigam, die aus jedem ihrer Worte und Blicke sprach. Wenn sie sagte, was sie oft tat: „Wie gut ist es von dir, daß du mich ein bißchen liebhast!" dann schätzte Günther sich als den glücklichsten Mann von der Welt. Er war ruhig, froh, sorgenlos wie nie zuvor in seinem Leben, als ob ihm nichts mehr zu wünschen übrig bleibe, und das, was er durch Florencens Liebe besaß, nicht wieder verloren werden könne.

Nach reiflicher Überlegung hatte Günther seinem Vater die Verlobung nicht angezeigt. Er kannte den alten Herrn. Er war dessen Zustimmung zu der von ihm getroffenen Wahl sicher; aber er wußte auch, daß ihn die briefliche Mitteilung von der Verlobung des Sohnes, der sein ganzer Stolz war, mit einer amerikanischen Kaufmannstochter zunächst beunruhigen würde. Das wollte er vermeiden. Eine Unterredung würde jede Besorgnis des Vaters leicht zerstreuen, und deshalb sollte er aus seinem, Günthers, Munde erfahren, daß ihm dieser von jenseits des Meeres die ersehnte Schwiegertochter zuführen werde.

Dagegen hatte Wildhagen seinem Freunde Dessieux das Geheimnis seiner Verlobung unter dem Siegel der Verschwiegenheit anvertraut.

„Ich werde in der ersten Hälfte des Monats Oktober in Paris eintreffen," so schloß sein Brief an diesen, „und ich ersuche Sie dringend und in Ihrem eignen Interesse, sich darauf vorzubereiten, einen Monat später mit mir nach Amerika zurückzukehren. Florence macht sich anheischig, Ihnen eine Braut zu finden; und wenn Sie sich als Mann von schnellem Entschlusse zeigen, so können wir dann, unserm alten Vorhaben getreu, am selben Tage Hochzeit halten. Zwar nicht in Wildhagen, wie ursprünglich beabsichtigt war, sondern in Neuyork. Sie werden aber dieses Abweichen von dem ersten Programm sicherlich nicht beklagen, wenn Sie damit das Glück erkaufen, ein ähnliches Mädchen wie meine Braut heimführen zu dürfen. Ich werde mich nur wenige Tage in Paris aufhalten, wo ich einige Einkäufe und Bestellungen für meine Hochzeit machen will. Ich bitte Sie also, sich so einzurichten, daß wir uns womöglich schon am Tage meiner Ankunft in Frankreich sehen. Sobald ich in Havre ans Land gestiegen bin, telegraphiere ich Ihnen, und ich hoffe, daß Sie mich, wenn auch nicht am Bahnhofe, so doch in meinem alten Gasthof in Paris erwarten werden. Können Sie dies nicht, so geben Sie mir jedenfalls dorthin Nachricht und sagen Sie mir, wo ich Sie antreffen kann. — Auf baldiges Wiedersehen!"

Acht Tage später nahm Günther von seiner Braut und deren Eltern Abschied. Er beabsichtigte, seinen Vater aufzusuchen, dessen Zustimmung zu seiner Vermählung mit Florence Gilmore zu erbitten und, nachdem er einige notwendige Vorrichtungen in Wild=hagen getroffen, ohne Zeitverlust nach Neuyork zurück=zukehren. — Dann sollte Hochzeit sein! Günther würde seine junge Frau nach Berlin und später nach Wildhagen führen, und dort wollten Herr und Frau Gilmore und Bella und Henry Conrey die Neu=vermählten im nächsten Frühjahr besuchen. — Das waren schöne, sonnige Pläne, die kein Zweifel trübte und die Günther den schweren Abschied von Florence erleichterten. Ja, der Gedanke an die bevorstehende Trennung würde ihn kaum geschmerzt haben, wenn

ihm nicht die kleine Florence im Augenblick des
Scheidens das Herz recht schwer gemacht hätte. Sie
weinte und schluchzte wie bei einem unersetzlichen
Verlust und erschien geradezu trostlos, und weder
Günther noch Frau Gilmore konnten sie beruhigen.
Aber es mußte geschieden sein, und er riß sich endlich
von ihr los, im Herzen Mitleiden noch mehr als
Liebe, und den innigen Wunsch, recht bald die Tränen
zu trocknen, die um ihn flossen.

„Auf Wiedersehen, meine liebe, liebe Florence!"
sagte er ernst und gerührt.

„Fahre wohl, mein einziger Liebling!" flüsterte
sie zurück.

3

Das Dampfschiff machte gute Reise, und Günther
langte wohlbehalten in Havre an.

Während der Fahrt hatte er bald den früheren
Gleichmut wiedergefunden, der durch die Tränen
Florencens im Augenblick des Abschieds getrübt worden
war. — Weshalb sollte er traurig sein? Es wäre
töricht, wegen einer kurzen Trennung von der Geliebten mit dem Schicksal hadern zu wollen. Eine
schöne, ruhige Zukunft breitete sich vor seinem geistigen
Auge aus. Florence würde das Herz seines Vaters
schnell gewinnen. Wer hätte der Anmut des lieblichen
Kindes widerstehen können! Sie würde Günther
bei jedem gedeihlichen Schaffen zur Seite stehen;
in Wildhagen bei den Armen und Verwaisten das
mildtätige Werk seiner zu früh verstorbenen Mutter
fortsetzen, in Berlin einen Kreis gutgesinnter,
tüchtiger Männer und liebenswürdiger Frauen um
sich zu fesseln wissen. Er, Günther, wollte sich ernste
und hohe, seiner bevorzugten Stellung in der Ge-

sellschaft würdige Aufgaben stellen. Er wollte arbeiten, ohne kleinlichen Ehrgeiz emporstreben; und
wenn er nicht zu den höchsten Stellen berufen war,
den Platz, den er einnahm oder zu dem er sich empor-
schwingen mochte, mit Ehren für sich und seinen
Namen füllen. Und nach den Mühen des heißen
Tages, auf die er sich freute, würde er am Abend
am häuslichen Herde Frieden und Rast finden, so daß
er an jedem Morgen mit erneuten Kräften den Kampf
um die höchsten Güter fortsetzen könnte. Breit und
eben lag jetzt die gerade Straße seines Lebens vor
ihm, auf der er, ruhig fortschreitend, weite Ziele zu
erreichen hoffen durfte. Kraft, Mut und Zuversicht
füllten seine Brust und sprachen aus seinem ruhigen,
festen Blick.

So langte er am dreizehnten Oktober früh am
Nachmittage in Paris an. Er hatte gehofft, Dessieux
am Bahnhofe zu sehen, aber dieser war nicht erschienen. „Er wird im Gasthofe auf mich warten,“
sagte sich Günther. Er übergab einem Dienstmann
seinen Gepäckschein, setzte sich in eine offene Droschke
und fuhr nach seiner alten Wohnung. Er war darauf
vorbereitet, dort freundliche Aufnahme zu finden,
denn er hatte der ihm wohlgeneigten Wirtin, Madame
Braçon, von Havre aus die Stunde seiner Ankunft
in Paris angezeigt. — Paris erschien ihm so vertraut, als hätte er es gestern verlassen; er erkannte
die alten Läden und Häuser, die Tabakbureaus, in
denen er seine Zigarren anzuzünden pflegte, die
marktschreierischen Annoncen an den Säulen und
Wänden, die auch früher seine Augen auf sich gelenkt
hatten. Das Leben und Treiben in den Straßen
war gänzlich unverändert; er glaubte, dieselben Ge-
sichter wiederzufinden, denen er früher dort begegnet
war. — Irenens Bild trat einmal flüchtig vor seine

Seele, aber verschwand sofort wieder, ohne den geringsten Eindruck hinterlassen zu haben.

Sobald die Droschke vor seinem alten Absteigequartier haltgemacht hatte, kam ihm der Hausknecht entgegen, der auch vor drei Jahren zu seinen Diensten gewesen war. Günther hatte während der ganzen Zeit nicht ein einzigesmal an den Mann gedacht. Jetzt fiel ihm sein Name sofort wieder ein.

„Guten Tag, Kasimir!"

„Gehorsamster Diener, Herr Baron!"

Und gleich darauf erschien die elegante Madame Braçon, wie immer tadellos gekleidet, nicht im geringsten gealtert, nur daß ihr Haar etwas schwärzer geworden war. Sie hieß den Baron herzlichst willkommen und führte ihn nach seiner alten Wohnung im zweiten Stock.

„Die Zimmer sind gestern frei geworden. Ich habe mich sehr darüber gefreut; denn da der Herr Baron sich einmal in denselben wohl befunden haben, so wage ich zu hoffen, daß es auch diesmal der Fall sein wird. — Kasimir! Marianne! Schnell die Sachen des Herrn Barons! — Kann ich mit irgend etwas aufwarten?"

„Hat sich der Vicomte Dessieux nicht nach mir erkundigt?" fragte Günther.

„Der Herr Vicomte war vorgestern und gestern hier. Er hat einen Brief für den Herrn Baron hinterlassen. Hier liegt er bereits am alten Platze."

Und mit einem Lächeln, das Anerkennung verlangte für die dem willkommenen Gaste erwiesene Aufmerksamkeit, zeigte Madame Braçon nach dem Kamin, wo neben der Stutzuhr ein Brief lag.

Günther erinnerte sich, auch vor drei Jahren seine Briefe und Karten immer an derselben Stelle gefunden zu haben.

„Es ist doch hübsch, wenn man wieder bei alten Bekannten, gewissermaßen zu Hause ist!" rief er aus.

Er erbrach den Brief und durchflog die wenigen Zeilen, die derselbe enthielt. Dessieux schrieb ihm, er müsse zur Beerdigung eines Onkels nach Avignon abreisen; er werde am sechzehnten morgens wieder in Paris eintreffen, und er bäte seinen lieben Freund Günther, nicht abzureisen, ohne ihn gesehen zu haben. Dafür verpflichtete er sich, ihn zur Hochzeit nach Neuyork zu begleiten.

Frau Braçon stand noch vor ihm, als er den kurzen Brief beendet hatte. „Womit kann ich aufwarten, Herr Baron?"

„Geben Sie mir etwas zu essen: was Sie wollen. Und schicken Sie mir Kasimir herauf. Er soll mir beim Auspacken behilflich sein!"

Frau Braçon erwies nur ihren geehrten Gästen die Aufmerksamkeit, sich persönlich nach deren Wünschen zu erkundigen. In ihrem Blick war zu lesen, daß sie Anerkennung für ihre Haltung, Wildhagen gegenüber erwartete. Dieser hatte volles Verständnis dafür. Er dankte Frau Braçon für ihre liebenswürdige Aufmerksamkeit, reichte ihr die Hand, die sie mit den Fingerspitzen ihrer mit seidenem Filethalbhandschuh bedeckten Rechten leise berührte, und geleitete sie zur Tür, wo sie sich mit einer würdevollen und gefälligen Verbeugung von ihm verabschiedete.

Zwei Stunden später befand Günther sich in den Champs Elysées. Er hatte mit gutem Appetit ein einfaches Mahl eingenommen, sich in seiner Wohnung für einen kurzen Aufenthalt eingerichtet, seinem Vater und seiner Braut Depeschen gesandt, in denen er seine Ankunft in Paris anzeigte und bald zu schreiben versprach; und nun wollte er einen kleinen Spaziergang machen. Es war zu spät geworden, um an demselben Tage noch an Einkäufe zu denken. Dazu hatte er übrigens morgen und übermorgen Zeit, da er sich entschlossen hatte, Dessieux' Ankunft abzuwarten.

Er war seit frühester Stunde unterwegs, denn das Dampfschiff war um vier Uhr morgens in Havre angekommen, und er hatte seitdem keine Ruhe genossen. Nachdem er jetzt etwa noch eine Stunde lang planlos umhergewandert war, fühlte er einige Müdigkeit; aber er fand Vergnügen an dem Treiben in den Champs Elysées; und in der Nähe der Straße, die nach seiner Wohnung führte, ließ er sich nieder, um dasselbe noch etwas zu beobachten. Nach einer halben Stunde hatte er genug davon und wollte aufstehen, um nach Hause zu gehen. Und in dem Augenblick hatte er eine eigentümliche Sinnestäuschung. In einem Wagen, der gerade vorüberfuhr, glaubte er in den zwei jungen Mädchen, die darin saßen, Bella und Florence zu erkennen. — Nein, sie waren es nicht! Natürlich waren sie es nicht! Sie konnten es gar nicht sein! Bella und mit ihr Henry waren am Niagara, wo das junge Paar seine Flitterwochen verleben wollte; und Florence befand sich mit ihren Eltern auf dem Wege von Neuyork nach San Franzisko; beide Schwestern waren zu dieser Stunde viele Hunderte von Meilen weit von den Champs Elysées. — Aber das kleinere von den beiden jungen Mädchen im Wagen, das auf dem Rücksitz saß, sah Florence ähnlich. Günthers Augen waren den ihrigen begegnet. Das war Florencens Blick — aber so traurig und klagend. Und plötzlich war es ihm, als vernähme er ihre Stimme. „Du hast den ganzen Tag nicht ein einzigesmal an mich gedacht! Hast du mich schon vergessen?" — Er blickte nachdenklich vor sich hin. Ein leises Frösteln durchrieselte ihn. „Es ist kalt ge-

worden!" sagte er vor sich hin. — Das unbehagliche
Gefühl verließ ihn nicht. Er fühlte sich beklommen.
„Ich habe mich ermüdet," fuhr er im Selbstgespräche
fort. — Das Gefühl der Beängstigung wurde immer
peinlicher, die Brust war ihm wie zusammengeschnürt.
Er blickte nach der Fahrstraße. Vielleicht würde der
Wagen zurückkommen, in dem die beiden jungen
Mädchen saßen, die ihn an Florence und Bella er-
innert hatten. Er sehnte sich nach dem Anblick. Er
würde ihm wohlgetan haben.

Da stand eine dunkle Frauengestalt vor ihm, und
er vernahm eine weiche, ruhige Stimme:

„Wie geht es Ihnen, Herr Günther?"

*

Nach dem Zusammentreffen mit Irenen ging Günther
ernst und in sich gekehrt nach Hause. Peinigend schöne
Empfindungen aus alter Zeit, die ihm seit Jahren
fremd geworden waren, füllten wieder sein Herz. Seine
Ruhe war dahin. In seinem Gehirn drängten sich
ungerufen Bilder aus seinem früheren Zusammensein
mit Irenen. „Sie ist noch schöner geworden, ihr
Blick ist unverändert. Der milde, zutrauliche Blick,
der mich damals so beglückte. Es wäre besser, ich
hätte sie nicht angetroffen. Warum? Ich verlasse
Paris in zwei Tagen, und dann sehe ich sie wohl
niemals wieder. Weshalb mich nicht während der
kurzen Zeit an dem Anblick ihrer Schönheit noch erfreuen? Es wäre klüger, ich ginge heut abend nicht
zu ihr, aber ich habe es ihr versprochen; ein Versprechen muß man halten."

Eine andre innere Stimme flüsterte ihm zu: „Ein
Versprechen, wie du der gefährlichen Frau gegeben
hast, darf dich nicht binden. Du hast andre heilige
Verpflichtungen, die dich davon entheben. Erinnere
dich an Dessieux' Worte: ‚Flucht wäre hier Mut.' Sei

tapfer! Unterliege nicht! Wer sich mutwillig in Gefahr begibt, kommt darin um!"

Günther verwies die Stimme zum Schweigen: „An
einem ehrlichen Versprechen darf man nicht mäteln.
Ich habe versprochen, Irene heut abend aufzusuchen,
und ich werde sie aufsuchen!"

Er machte noch einen Versuch der Selbsttäuschung
und wollte sich einreden, es sei männlich, stark, trotz
Schwierigkeiten und Gefahren das gegebene Versprechen zu lösen; aber er wußte, daß er sich selbst
belog, daß in Wahrheit eine Versuchung an ihn heran-
getreten war und ihm die Kraft gebrach, ihr zu
widerstehen.

Mißmutig und unruhig bereitete er sich zu dem
Besuche bei Irenen vor. Wildhagen war daran gewöhnt, seinem Äußern eine gewisse Sorgfalt zu
schenken. Er war vollständig frei von geckenhafter
Eitelkeit, und seine Toilette machte ihm nicht mehr
Sorge als die Wahl der Speisen, aus denen seine
Mahlzeit zusammengesetzt war. Aber er aß lieber gut
als schlecht, und er fühlte sich behaglicher in ordentlich
sitzenden Kleidern als in solchen, die fehlerhaft gearbeitet waren. Gewöhnlich war er bei aller Einfachheit und tatsächlicher Sorglosigkeit tadellos gekleidet.
An jenem Abend widmete er seinem Anzuge mehr
als gewöhnliche Sorgfalt. Das war ihm in Amerika,
wenn er seinen kleinen Liebling aufsuchte, niemals vor-
gekommen.

Er erinnerte sich der im Hotel Brô herrschenden
Gewohnheiten. Man aß dort um halb sieben Uhr
und blieb nach dem Essen bis gegen acht im großen
Empfangszimmer vereint. Dann pflegten die Hausbewohner sich auf eine Stunde zurückzuziehen. Zwischen
neun und zehn Uhr versammelten sie sich wieder in
dem gemeinschaftlichen Salon, und dort erschienen

dann auch um dieselbe Zeit die Freunde des Hauses — les habitués —, zu denen er früher gezählt hatte.

Es war erst halb neun Uhr. Zum Hotel Brô waren von Wildhagens Wohnung nur wenige hundert Schritte; doch machte sich Günther bereits auf den Weg dahin. Er konnte es im Zimmer nicht mehr aushalten. Er war ungeduldig, aufgeregt. Weshalb? Er wagte nicht, die Frage zu stellen, die Gedanken, die sich daran knüpften, auszudenken. Langsam stieg er die Treppe hinab. Vor der Haustür blieb er einige Minuten stehen. Es fiel ein starker Nebel. Die Luft war unfreundlich, naßkalt, rauh. Er bemerkte es nicht und schritt ganz langsam weiter. An der Ecke der Champs Elysées blieb er wiederum stehen und sah nach der Uhr. Es waren erst fünf Minuten verflossen, seitdem er sich überzeugt hatte, daß er vor einer halben Stunde nicht gut im Hotel Brô erscheinen könnte. Er berechnete, daß, wenn er mäßigen Schrittes bis zum Rond-Point gehen und von dort zurückkehren, er um neun Uhr an der Ecke der Rue Billaut, in der das Hotel Brô gelegen war, sein würde.

Wie lang und menschenleer die Champs Elysées waren! Die Fußgänger, die leichten Schrittes an ihm vorüberzogen, hatten es eilig. Das Wetter lud nicht ein, den Aufenthalt im Freien unnötig zu verlängern. Nur Günther schlich mit schwerem Herzen, zögernden Schrittes dem nahen Ziele seiner Wanderung zu. Am Droschkenhalteplatz des Rond-Point sah er nach der dort in einem Kiosk aufgestellten Uhr. Drei Viertel auf neun! Es stimmte! Wenn er so weiter ginge, würde er um neun Uhr vor dem Hotel Brô sein. Er wollte an irgend etwas denken; sein Gehirn war wie ausgedörrt. Er sehnte sich nicht danach, Irenen zu sehen. Er fürchtete sich vor ihr. Aber unwiderstehlich trieb es ihn in ihre Nähe.

Er schritt über die Straße. Ein kleiner Mann, in altmodischen Mantel gehüllt, huschte an ihm vorbei und verschwand gleich darauf wieder in dem Nebel, der immer dichter geworden war. „Das war Wendt," sagte sich Günther plötzlich. Unwillkürlich beeilte er seine Schritte, aber auf dem Bürgersteg der großen Avenue war nichts zu erblicken, niemand zu erkennen. „Was hätte ich Wendt sagen können? Es ist gut, daß er mich nicht erkannt hat."

An der Ecke einer der Straßen, an denen er vorüberging, war eine Weinhandlung. Durch die halb offene Tür vernahm Günther, daß vor dem „Kontor" ein lebhafter Wortwechsel stattfand. Er lauschte. Zwei Droschkenkutscher schimpften sich gegenseitig aus. Der Wirt war bemüht, sie zu beschwichtigen. Günther verlor kein Wort von dem Gespräch. Eine Sekunde später, als er weiter ging, hatte er alles vergessen. Dann sah er wieder im Geiste Wendt vorbeieilen, und dann fielen ihm auf einmal die schwarzseidenen Filethandschuhe von Madame Braçon ein; aber an Florence dachte er nicht. Plötzlich schrak er zusammen: von einem nahen Kirchturm schlug es neun Uhr! Er atmete auf, beeilte seine Schritte und stand wenige Minuten später vor dem Hotel Brô.

Der Portier, der ihm die Tür geöffnet hatte, sah ihn einen Augenblick forschend an, dann erheiterte sich sein mürrisches Gesicht, er nahm die gestickte griechische Mütze ab, die seinen kahlen Kopf bedeckte und sagte höflich:

„Ich bin glücklich, den Herrn Baron in guter Gesundheit zu sehen."

Der Diener, der ihm die Tür des Empfangszimmers öffnete, war dagegen ein Unbekannter. Sein alter Gönner, der lange Jean, gehörte zu jener besonderen Klasse von Kammerdienern, die so geschickt

sind und ihren Dienst so vortrefflich verstehen, daß sie
nie eine Herrschaft finden, die sie für würdig halten,
ihr lange zu dienen. Sein Nachfolger war aber bereits
mit den Sitten des Hauses genügend bekannt, um
den fremden Gast, sobald dieser in den Salon eingetreten war, in demselben gleichgültig höflichen Tone
zu fragen, den der lange Jean angewandt haben
würde, ob der Herr Befehle habe. Günther sagte einfach: „Danke!" und der Diener entfernte sich darauf.

Das große Empfangszimmer war noch leer. Wildhagen sah sich beinahe ängstlich in demselben um.
Alles stand am alten Platze: der große runde Tisch
in der Mitte des Raumes, wie immer mit Büchern
und Zeitungen bedeckt; etwas entfernt davon der kleine,
viereckige Tisch, an dem die Marquise zu sitzen pflegte.
Da war auch Irenens niedriger Stuhl mit gerader
Lehne und daneben der große, bequeme Sessel, den
derjenige einzunehmen pflegte, den sie zur Unterhaltung an ihre Seite gerufen hatte. Wie oft hatte
Günther darauf gesessen und Irenen in die Augen gesehen und ihren gleichgültigen Worten gelauscht, als
verkündeten sie ihm hohe Botschaft. Im Kamin
flackerte ein helles Holzfeuer.

Günther stand einige Minuten unbeweglich, als
fürchtete er ein Geräusch zu machen, das die tiefe
Ruhe um ihn her wecken könnte. Da knisterte das
Feuer. Günther schrak zusammen, als hätte er die
Nerven einer hysterischen Frau.

Die Tür zum Musikzimmer stand offen. Es brannte
kein Licht in dem Raum, der nur durch ein Feuer
im Kamin und den Schimmer aus dem anstoßenden
Salon matt erhellt war. Wildhagen trat in das Zimmer.
Unmittelbar links an der Tür war das Fenster, von
dem aus man in den Garten blicken konnte und an
dem der alte Wendt an jenem letzten Abend, den

Günther dort verlebt, gesessen hatte. Der Garten lag
öde und tot zu seinen Füßen. Der Nebel hüllte die
entlaubten Bäume in seinen kalten, nassen Mantel.
Undeutlich erkannte Günther die hohe Doppellinie der
Linden, die den Baumgang bildeten, der nach dem
Gartenhause führte. Da wurde eine Tür geöffnet,
und er vernahm das Geräusch eines Kleides. Er trat
schnell von dem Fenster zurück in die offene Tür, die
zum Empfangszimmer führte. Irene kam ihm langsam entgegen mit einem Ausdruck inniger Befriedigung
auf dem weißen Antlitz. Ja, sie war über alle Be-
schreibung schön!

Sie trug ein langes, lichtes Gewand aus feiner
Wolle, das sich weich an die vollendeten Formen ihres
jungen Körpers anschmiegte und in der Mitte durch
einen breiten schwarzen, mit kostbaren Steinen ver-
zierten Gürtel zusammengehalten war. Über dem
hohen Kleide, das auch den schlanken Hals einschloß,
erhob sich das stolze Haupt, nur um einen Schatten
dunkler als das schneeige Gewand, und von tief-
schwarzem Haar umrahmt. Sie reichte ihm die Hand,
die er scheu mit seinen Lippen berührte, und sagte sanft:

„Ich danke Ihnen, daß Sie Ihr Versprechen gehalten haben und gekommen sind. Ich glaubte schon,
Sie hätten mich ganz vergessen und wollten mich
nicht sehen."

Sie hatte sich auf ihren kleinen Stuhl niedergelassen und Günther neben ihr Platz genommen. Sie
betrachtete ihn wohlwollend, aber doch ruhigen, kritischen
Blickes, dem nichts entging. Sie bemerkte das wetter-
gebräunte Gesicht, die weiße Stirn, die nervigen, von
der Sonne verbrannten, wohlgeformten Hände. Er
sah noch besser aus als vor drei Jahren, wie ein
Mann, dessen Kraft bereits in schwerem Kampfe erprobt und stark befunden worden ist. Seine Augen

110

konnte sie nicht sehen; er hielt sie zu Boden ge=
schlagen.

„Ich möchte vor allen Dingen wissen, wie es
Ihnen seit unsrer Trennung ergangen ist," fuhr Irene
nach kurzer Pause fort, „aber Sie erscheinen mir vor=
läufig noch so wortkarg, daß ich Ihnen zunächst über
unsre Schicksale hier berichten will. Mittlerweile ent=
schließen Sie sich dann hoffentlich, meine Wißbegierde
zu befriedigen." Sie hielt einen Augenblick inne und
sah ihn forschend an. „Aber vielleicht kümmert es Sie
gar nicht, zu wissen, wie es mir ergangen ist!"

Er hob die Augen und senkte sie schnell wieder.

„Sprechen Sie," sagte er leise, „ich bitte Sie darum."

Sie begann zu erzählen, ruhig, langsam, in der
gleichgültigen Weise, die ihr eigen war, aber in dem
zutraulichen, offenen Tone, mit dem man zu einem
sicheren Freunde spricht.

Das Haus war leer geworden seit Günthers Abreise.
Irenens beide Schwestern hatten sich verheiratet. Die
älteste mit d'Estompière, Josephine mit — „nun raten
Sie, mit wem?"

Günther blickte sie fragend an.

„Mit Neubauer!" antwortete sie, leise lächelnd.
„Und ich bildete mir ein, daß der gute Baron mir
den Hof machte! — Und Sie haben es auch gedacht.
Gestehen Sie es nur! Erinnern Sie sich noch des
Abends, wie er verlegen und mürrisch zwischen uns
saß, und wir ihn fortärgerten? — Oder wenigstens ich
tat es, denn Sie zeigten sich bei jener Gelegenheit
noch gutmütiger, als ich Ihnen zugetraut hätte. Neu=
bauer blieb darauf mehrere Monate lang unsichtbar;
aber im Winter kam er zurück. Und darauf hielt er
um Josephinens Hand an, und zwar bei mir. Es
war eine kostbare Szene. Ich wies ihn an meine
Mutter. Josephine ist nun seit zwei Jahren verheiratet.

Augenblicklich befindet sie sich noch auf dem Lande; sie kehrt erst gegen Weihnachten nach Paris zurück. Neubauer ist bald hier, bald dort. Bei mir läßt er sich selten sehen, und ich vermisse ihn nicht. Josephine ist übrigens ganz zufrieden mit ihm. Das ist am Ende in dem vorliegenden Falle die Hauptsache."

„Und der Onkel, Prinz Andreas?" fragte Günther.

„Der ist heute abend in das Théâtre=Français gegangen."

„Und Herr Wendt?"

Es war still in der Straße, und Günther vernahm jetzt deutlich, daß ein Wagen vor der Tür halt=machte.

„Bitte, klingeln Sie!" sagte Irene, die eine Sekunde auf das Geräusch gelauscht hatte.

Ein Diener trat herein.

„Die Frau Marquise haben befohlen?"

„Ich empfange nicht! — Es ist niemand zu Hause!" Dann, als der Diener sich stumm wieder entfernt hatte, fuhr sie, zu Wildhagen gewandt, fort: „Sie bleiben nur so kurze Zeit hier, da will ich Sie wenig=stens heute abend für mich haben. Wir waren früher gute Freunde . . . und ich bin nicht wankelmütig!"

Wenn Günther noch in der Lage gewesen wäre, ruhig zu denken, so würde er wohl auf die letzte Be=merkung der Marquise manches erwidert haben. Aber er vernahm nur mit einiger Verwunderung, daß ihm, dem tief Gekränkten, auf nicht sehr großem Umwege der Vorwurf des Wankelmuts gemacht wurde. Und die Ungerechtigkeit, die in der Anschuldigung lag, kränkte ihn nicht; er hörte aus Irenens Worten einzig die Versicherung der Beständigkeit ihrer Gefühle, ihrer Zuneigung für ihn; und das Herz des Armen pochte darüber in jubelnder Freude.

Im Vorzimmer wurde jetzt laut gesprochen. Eine

knarrende Stimme, die Günther bekannt vorkam, ließ sich vernehmen.

Die Marquise richtete die Augen auf die Tür und legte einen Finger auf den Mund, Schweigen gebietend.

Gleich darauf wurde es draußen wieder still; der ungelegene Besuch hatte sich entfernt.

Die Marquise wartete noch einige Sekunden, dann sagte sie:

„Das war Ihr alter Feind."

„Richtig! Ich hatte die Stimme erkannt. Herr de Raynaud! Ich bin übrigens nicht sein Feind. Ich fand ihn eines Morgens ungezogen. Das ist alles. Er hat sich seitdem vielleicht gebessert."

„O ja!" sagte die Marquise mit einem eigentümlichen stillen Lächeln. „Er ist ganz zahm geworden!"

„Ich erkundigte mich vorhin nach Herrn Wendt," fuhr Wildhagen fort. „Wie geht es ihm?"

„Ich hoffe, gut! Ich weiß es nicht bestimmt. Er hat mich vor etwa drei Monaten verlassen. Aber," fuhr sie mit demselben kalten Lächeln fort, indem sie von der Zähmung des schönen Olivier gesprochen hatte, „er wird schon wiederkommen."

Wann hatte Günther sie doch schon einmal so lächeln sehen? — An dem Tage, als er sie gefragt hatte, ob sie glücklich sei. Ja, da hatte sie auch so gelächelt. Günther erinnerte sich jetzt genau jenes selbstbewußten Lächelns. Es hatte ihn damals gekränkt; aber das war heute vergessen.

„Wendt hat Sie verlassen?" fragte Günther erstaunt. Er bemühte sich, Anteil an der Frage zu nehmen, aber sie war ihm gleichgültig. Im Grunde genommen war ihm alles gleichgültig. Nur Irene nicht! Davon legte er sich jedoch noch keine Rechenschaft ab.

„Weshalb hat er Sie verlassen?"

„Er konnte sich mit Blanche nicht vertragen."

„Wer ist denn Blanche?"

„Richtig! Sie kennen sie noch nicht. Sie ist eigentlich die Vorleserin meiner Mutter; aber seitdem Louisens und Josephinens Erzieherinnen und Lehrerinnen uns verlassen haben, nehme ich sie von Zeit zu Zeit in Anspruch. Sie spielt nämlich recht gut Klavier, auch hat sie eine ganz leidliche Stimme, und wir musizieren manchmal zusammen. Und das wollte Wendt nicht erlauben; deswegen hat er mich ausgezankt und ist schließlich davongelaufen."

„Unglaublich!" sagte Günther, als seien die ihm gemachten Mitteilungen von besonderem Wert für ihn. In der Tat hatte er kaum zugehört.

„Ja, unglaublich — aber wahr! Wendt war wirklich ein bißchen überspannt und anmaßend. Er hat mir ein paar Tage gefehlt, denn ich war an ihn gewöhnt. Jetzt bin ich ganz froh, daß er gegangen ist. Er war fortwährend mürrisch und schlechter Laune."

„Und wer ersetzt ihn?"

„Niemand eigentlich. Wenn ich Briefe zu schreiben habe, die mich langweilen, so bitte ich Blanche, mir zu helfen."

„Sie schreiben wohl sehr wenig?"

„Beinahe nie. Briefschreiben langweilt mich."

„Und deshalb haben Sie auch meinen Brief unbeantwortet gelassen?"

„Nein! Ihnen habe ich nicht geschrieben, weil ich Ihnen zürnte."

„Was hatte ich verbrochen?"

Sie machte eine Bewegung mit der Hand und blickte dazu, als wollte sie sagen: „Lassen wir das!" — Sie verzieh ihm, dem Gekränkten! Das war sehr gütig von ihr. Wenn Günther sich nicht zurückgehalten hätte, so würde er ihr gedankt haben.

„Nun aber,“ fuhr sie laut fort, „ist genug von mir gesprochen. Jetzt erzählen Sie mir von Ihren Erlebnissen.“

Sie lehnte sich mit dem Rücken an die gerade Lehne ihres niedrigen Stuhles, legte die Arme übereinander in den Schoß, und den Kopf etwas gebeugt, blickte sie ihn von unten herauf an.

Er wußte nicht, was er sagen sollte; er hatte die Hände gefaltet, und ohne die Finger zu rühren, rieb er die Handflächen, eine gegen die andere.

„Nun?“ fragte sie leise wiederholend.

„Von mir ist gar nichts zu erzählen,“ sagte er gleichzeitig verlegen und zerstreut.

„Sie haben einen Krieg mit durchgemacht, Sie kommen von einer großen Reise, und Sie sagen, Sie hätten nichts zu erzählen? Muß ich bitten? — Ich bitte Sie, erzählen Sie mir Ihre Schicksale.“

Er besann sich einen Augenblick, und dann sprach er, als ob er vor einem Untersuchungsrichter stände, mit augenscheinlicher, stetig wachsender Befangenheit.

„Daß ich gleich, nachdem ich Paris verlassen hatte, in den Krieg gezogen bin, habe ich Ihnen geschrieben — aber Sie haben meinen Brief vielleicht nicht gelesen.“

„Ich habe ihn gelesen und habe ihn aufgehoben — was ich nur mit einer sehr geringen Anzahl von Briefen tue.“

„Das erledigt dann das einzige erzählenswerte Kapitel in meinem Leben. — Sie wissen also, daß ich verwundet worden bin. Meine Wiederherstellung hat sehr lange gedauert. Dann habe ich abwechselnd in Berlin und in Wildhagen gelebt, mit meinem Vater. Ich habe gesät und geerntet, gejagt und gefischt . . .“

„Und Sie haben keine Zeit gefunden, an mich zu denken?"

„Ich habe an Sie gedacht."

„Wirklich? Das macht mich froh. Ich bin nicht herzlos, wie Sie glauben. Wäre ich es, hätte ich Ihnen nicht gezürnt."

Er atmete tief auf.

„Nun, und die große Reise?"

Er hatte alles vergessen und konnte sich auf nichts besinnen, was des Erzählens wert gewesen wäre.

Sie bemerkte seine vollständige Verwirrung.

„Ich sehe schon, daß Sie mir heute nicht Rede und Antwort stehen wollen. Also ein andermal, wenn Sie besser aufgelegt sein werden."

Sie erhob sich und ging in das Musikzimmer. Er blieb in dem großen Gemach allein zurück. Er hörte, daß sie das Klavier öffnete.

Er fragte sich, was nun geschehen werde. Er wußte, daß der Abend für ihn verhängnisvoll sein werde — aber er hatte nicht den Mut, zu fliehen. In unendlicher Ferne sah er undeutlich Florences Bild. Er strich sich mit der Hand über die heiße Stirn und machte eine abwehrende Bewegung. — Da wurden im Musikzimmer einige volle Akkorde wie die eines Chorals sanft angeschlagen. — Florences Bild verschwand. — Die Akkorde folgten sich in schönen, künstlerischen Modulationen und gingen allmählich in eine alte, wohlbekannte Weise über. Er stand auf, und wie von einer geheimnisvollen Macht gezogen, trat er in das dunkle Musikzimmer. Dicht am Eingange, auf den Stuhl am Fenster sank er nieder und bedeckte sich das Gesicht mit beiden Händen. Als das Lied beendet war, saßen beide eine Minute regungslos. Dann begann Irene dasselbe Lied noch einmal zu spielen, und nach einigen Takten sang sie dazu mit ganz kleiner,

feiner, klarer, glockenreiner Stimme. Die scharfen
Töne schnitten ihm in das schon so wunde Herz. Er stand
auf und trat an ihre Seite. Er hob die Hand und
senkte sie wieder. Zweimal wiederholte er dieselbe
Bewegung. Beim drittenmal aber legte sich seine
Hand auf ihr Haupt, keinem Willen mehr gehorchend,
der unheimlichen Macht folgend, die ihn unwidersteh=
lich zu Irenen zog. — Sie fuhr fort zu spielen und
zu singen. Leiser und immer leiser, wie die letzten
Atemzüge eines ruhig Verscheidenden verhallten endlich
die klagenden Töne; — und dann wurde es feierlich
still wie in einem Totenzimmer. Irenens Haupt senkte
sich langsam; seine Hand glitt auf ihren kalten Nacken
und umfaßte ihn mit bebendem Drucke. Und plötzlich
stand sie hoch aufgerichtet vor ihm, den Kopf zurück=
gebeugt, die schlanken Arme weit wie im Kreuz aus=
gebreitet; und dann fühlte er sich fest umschlungen,
und ihre heißen Lippen brannten auf seinem Munde.

„Du bist mein einziges Glück," flüsterte er.

*

Während der nächsten Tage ging Günther wie
betäubt einher. Wenn er nicht bei Irenen war, so
saß er in seinem Zimmer und starrte vor sich hin,
oder er schritt gesenkten Hauptes die Champs Elysées
auf und ab, ohne zu bemerken, was um ihn her vor=
ging. Er fühlte sich weder glücklich noch elend; er
erkannte nicht das Maß seiner Schuld und nicht die
Größe des Unheils, das er angerichtet hatte; er konnte
nicht denken. Wie ein beschränktes Kind, das im
Geiste die Aufgaben aufzählt, die ihm gestellt worden
sind, ohne zu erwägen, wie es sie lösen wird, sprach
er vor sich hin, gleichgültig, als handle es sich um ganz
gewöhnliche Dinge. „Zuerst muß ich also an meinen
Vater schreiben, um die Verzögerung meiner Abreise

von Paris zu erklären. — Das ist das Notwendigste.
Sodann habe ich Florence zu benachrichtigen. Natürlich! Das darf nicht unterbleiben. Dann müßte ich
eigentlich auch mit Irenen sprechen, um unsre zukünftigen Beziehungen zu sichern ... Ja, aber zuerst
muß ich an meinen Vater schreiben ..." Und er dachte
nicht mehr, als er sagte, und manchmal verstand er
nicht einmal, was er sagte, und wiederholte nur mechanisch dieselben Worte, die er sich schon hundertmal
gesagt hatte: „Zuerst muß ich also an meinen Vater
schreiben" — und so weiter. — Der Kopf war ihm
schwer und doch leer, die Brust wie zusammengeschnürt.
Er ließ den Tag dahingehen, ohne irgend etwas
andres zu genießen, als was Madame Braçon ihm
nach seinen alten Gewohnheiten vorsetzte. Das ver-
zehrte er, ohne zu wissen, was er aß. Sein Schlaf
war schwer, traumlos, wie der eines Trunkenen, und
er erwachte daraus, ohne erquickt zu sein, mit einer
furchtbaren Last auf der Brust, dem Gefühle, daß
ihm entsetzliches Unheil drohe. — Aber welcher Art
das Unglück sei, daran konnte er nicht denken. —
Eine klare Vorstellung nur trat in dem wirren, dunklen
Leben seines Geistes hervor, und diese beherrschte alles
andre: er liebte Irenen, Irene liebte ihn, und er würde
sie wiedersehen. — Wenn er in ihr Zimmer trat, und
sie, sich langsam erhebend, stumm die Arme ausbreitete
und ihn umschlang und seine Küsse erwiderte, dann
dachte er an nichts mehr. Er genoß mit jeder Fiber
seines Wesens das Glück, zu lieben und wiedergeliebt
zu werden; aber er genoß es besinnungslos, und wenn
es ihn auch ganz erfüllte, so beglückte es ihn doch nicht.

Die Vereinsamung des Hotel Brô begünstigte die
Zusammenkünfte zwischen Günther und Irenen. Auch
diese schien ganz ihrer Liebe, und nur ihr, zu leben.
Mit vollkommener Nichtachtung dessen, was man in

ihrer nächsten Umgebung über ihre Beziehungen zu
Günther denken mochte, war sie vom Morgen bis zur
Nacht, mit nur kurzen Unterbrechungen, mit ihm allein.
Niemand konnte sie zur Verantwortung ziehen, sie
schuldete keinem Rechenschaft. Ihre Mutter, die Prin-
zessin, kümmerte sich nicht um Kleinigkeiten. Sie hatte
Irenen dazu gemacht, was diese war. Möglicherweise
hatte sie die Veränderung in der Lebensweise ihrer
Tochter gar nicht bemerkt; wohl unter keinen Um-
ständen würde sie darüber eine Rüge ausgesprochen
haben. Was Irene tun oder lassen wollte, war Irenens
Sache. — Der alte Onkel war von demselben Blute
wie die Prinzessin, seine Schwester. Er lebte im Hotel
Brô wie in seinem eignen Palaste, von gut geschulten
Dienern umgeben, deren Aufmerksamkeit nichts entging, was zu seinem Wohlbefinden nötig war. Und
Irenens Geld war es, das diese Diener bezahlte.
Etwas andres verlangte der Prinz nicht von seiner
Nichte. Es war nicht seine Aufgabe, über deren Ruf
zu wachen. Er würde dies sogar abgelehnt haben,
wenn Irene oder ihre Mutter ihn darum gebeten
hätten. Die Prinzessin war weit entfernt, derartiges
zu erwarten oder zu verlangen. Irene würde es sich
entschieden verbeten haben. Kümmerte sie sich etwa
darum, was Onkel Andreas tat? Er war frei in
ihrem Hause. So wollte sie sein. Das Sagen andrer
kümmerte sie nicht. Sie hatte für Gunst und Ungunst
ihrer Umgebung die vollkommene Gleichgültigkeit einer
Königin aus alter Zeit, die in unbeschränkter Macht-
fülle an der Spitze eines Volkes von Sklaven steht.
Die Diener wagten nicht anders als ehrerbietig zu
blicken und zu sprechen. Was sie denken mochten,
lag für Irenen in so niedrigen Kreisen, daß es ihrer
Beachtung entging.

Die Zeit flog für Wildhagen dahin. Doch schien

alles, was vor dem Tage geschehen war, an dem er Jrenen wiedergefunden hatte, einer unendlich fernen Vergangenheit anzugehören. Er erinnerte sich kaum noch, was mit dieser Vergangenheit zusammenhing. Nur wiederholte er sich immer und immer wieder die Aufgaben, die sie ihm noch auferlegte. Aber der Lösung derselben kam er nicht um einen Schritt näher.

Am zweiten Tage, als Günther Jrenen gegen Mitternacht verließ, kreuzte er sich im Vorzimmer mit einem ihm unbekannten weiblichen Wesen. Es sah aus, als wäre es aus dem Rahmen eines Rubens= schen Bildes gestiegen: in dunklem, eng anschließendem Gewande, jung, groß, üppig, mit goldigem Haar und hellen Augenbrauen und Wimpern. Als Günther sich im Vorbeigehen unwillkürlich vor ihr verneigte, traf ihn eine Sekunde ihr Blick. Sie hatte schöne, große blaue Augen; aber der Blick, den sie Wildhagen zuwarf, war böse. Günther bemerkte es nicht. Er hatte Jrenen vor einer Minute verlassen, und jetzt war er schon wieder tief in seinem kindischen Denken: „Nun muß ich also sofort an meinen Vater schreiben..."

Die schöne Frauensperson blickte dem gesenkten Hauptes Dahinschreitenden feindselig nach. Als sich gleich darauf die Haustür hinter ihm geschlossen hatte, trat sie in das Zimmer der Marquise. Nach wenigen Minuten erschien sie wieder auf dem Flur. Einige Augenblicke blieb sie nachdenklich stehen, dann begab sie sich auf ihr Zimmer; denn sie gehörte zu dem zusammengeschmolzenen Hausstande des Hotel Brô. Es war die Vorleserin der Prinzessin, eine vierund= zwanzigjährige Holländerin, die Deutsch, Französisch, Englisch, Italienisch gleich gut und vorzüglich sprach, mit wohltönender Stimme vorlas, fertig Klavier spielte und sehr hübsch sang. Ihr Name war Blanche van Naarden.

Am nächsten Morgen wurde Günther von Dessieux aus schwerem Schlafe geweckt. Der kleine Franzose war herzlich erfreut, seinen lieben Freund Wildhagen wiederzusehen, bestürmte diesen mit Fragen, ohne auf deren Beantwortung zu warten, erzählte von seinen eignen Schicksalen während des Jahres, wo die beiden sich nicht gesehen und auch nur wenig voneinander gehört hatten, und bemerkte erst nach geraumer Zeit, daß sein Freund im Bette verwirrt und blöde um sich blickte, kein Wort sprach, die an ihn gerichteten Fragen überhörte und an dem, was der andre erzählte, nicht den geringsten Anteil zu nehmen schien. Darauf rückte Dessieux seinen Kopf mit einer kurzen Bewegung zurück, klemmte sich in das linke Auge ein Glas, das zu groß war, so daß die Augenlider dadurch verzerrt wurden, was ihm ein komisches Aussehen gab, und sagte:

„Sie schlafen noch, mein Lieber! Stehen Sie auf und gießen Sie sich einen Kübel kalten Wassers über den Kopf, um munter zu werden. Es ist Zeit: zehn Uhr! — Störe ich Sie nicht, so bleibe ich hier sitzen, während Sie Toilette machen; andernfalls komme ich in einer halben Stunde wieder, und wir frühstücken zusammen."

„Sie stören mich nicht," sagte Wildhagen, sich langsam erhebend.

Der Ton, in dem diese Worte gesprochen wurden, gab Dessieux ein Rätsel auf. „Was ist hier nicht in Ordnung?" fragte er sich. Aber er war ein wohlerzogener Mann und hatte schon in der Kinderstube gelernt, keine indiskreten Fragen zu stellen. Auch vermied er, zu zeigen, daß Wildhagens Benehmen ihn überraschte, und daß er diesen aufmerksamer als gewöhnlich beobachtete. Er trat in das Nebenzimmer, Günthers bescheidenen Salon, setzte sich ans Fenster, blickte auf die Straße und von Zeit zu Zeit mit an= scheinender Gleichgültigkeit in das Schlafgemach, in dem Günther, Deſſieux' Rat befolgend, verſchwenderiſch mit der ihm zur Verfügung geſtellten großen Menge Waſſers umging. Dies ermunterte ihn auch, aber in einem andern Sinne, als der kleine Deſſieux ge= meint hatte.

Es war, als ob Deſſieux' Ankunft den tiefen Schlaf, der Günthers Seele ſeit drei Tagen umnachtete, plötz= lich verſcheucht hätte. Endlich fing Wildhagen an, ſich von dem, was geſchehen war, Rechenſchaft abzulegen. Seine Gedanken waren noch immer unklar. Er hatte nur einen Schimmer von ſeiner verzweifelten Lage; aber Schritt für Schritt drang er zum vollen Lichte vor. — Ja, er mußte an ſeinen Vater und an Florence ſchreiben. Er mußte auch mit Irenen ſprechen. Aber wie ſollte er ſchreiben, wie ſich mit Irene verſtän= digen? — Er war ratlos.

Er trat halb angezogen in das Zimmer, in dem Deſſieux auf ihn wartete, und die Arme über ſeinen Kopf erhebend und ſich reckend, ſagte er mit er= zwungener Ruhe:

„Lieber Deſſieux, es hat ſich mancherlei ereignet, ſeitdem ich Ihnen zum letztenmal geſchrieben habe. Es freut mich, daß ich Sie ſehe, und ich möchte mit Ihnen über verſchiedenes ſprechen, was für mich von Wichtigkeit iſt. Aber ich muß mich zu dem Behufe ein klein wenig ſammeln. Wollen Sie mir einen Gefallen tun? — Laſſen Sie mich eine halbe Stunde allein, und ſeien Sie um elf Uhr wieder hier. Wollen Sie?"

„Mit Vergnügen!" ſagte der kleine Franzoſe. „Ich werde im ‚Moulin Rouge' frühſtücken, und ſpäteſtens um halb zwölf Uhr bin ich wieder bei Ihnen."

Darauf entfernte er ſich. Als er zur beſtimmten

Stunde zurückkam, fand er Günther mit gekreuzten Armen, den Kopf gesenkt, vor einem Tische sitzen, auf dem in appetitlicher Weise ein einfaches und noch unberührtes Frühstück aufgetragen war.

Günther begann sofort zu sprechen, noch ehe der andre seinen Hut abgelegt hatte.

„Setzen Sie sich, lieber Dessieux! Hier an den Kamin! Nehmen Sie eine Zigarre!"

„Wollen Sie nicht frühstücken?"

„Nein, lassen Sie das nur," antwortete Günther ungeduldig. Doch schenkte er sich eine große Tasse starken schwarzen Kaffees ein, die er schnell austrank. Dann steckte er sich eine Zigarre an und ließ sich auf einen Sessel am Kamin, Dessieux gegenüber, nieder. Dieser bemerkte jetzt, daß Günther unter seiner braunen Gesichtsfarbe bleich war, und daß es um seinen Mund zuckte. Er strich sich mit der einen Hand mehreremal über Stirn, Haar und Nacken, und dann begann er ruhig und entschlossen:

„Ich habe Ihnen eine vertrauliche Mitteilung zu machen."

Dessieux nickte.

„Es ist keine leichte Sache..." — eine kurze Pause — „Ich muß meine Verlobung mit Fräulein Gilmore wieder auflösen."

Dessieux kniff die Lippen zusammen und machte „Hm!"

„Was sagen Sie dazu?"

„Ja, was soll ich dazu sagen, lieber Wild=hagen? Ich weiß vorläufig noch gar nicht, was ge=schehen ist."

„Was geschehen ist? Was geschehen ist?" wieder=holte Wildhagen nervös. Das Blut schoß ihm ins Gesicht. „Ich habe mich schlecht benommen."

„Das tut mir leid!"

„Ich habe ein gutes, treues Wesen, das mich liebte, schändlich verraten."

„Das tut mir leid!"

„Mir auch! Aber damit ist dem Übel nicht abgeholfen. Sie haben einen klaren Kopf; Sie sind mein Freund; geben Sie mir einen Rat. Was soll ich tun?"

Dessieux zauderte einige Sekunden, dann antwortete er:

„Ich will mich nicht in Ihr Vertrauen einschleichen; aber es ist mir beim besten Willen nicht möglich, Ihnen einen Rat zu geben, wenn Sie mich nicht etwas mehr in Ihre Angelegenheiten einweihen können."

Wildhagen blinzelte mit den Augen, zog an der Zigarre, legte sie, als er bemerkte, daß sie ausgegangen war, auf den Kaminsims und sagte beinahe gereizt:

„Verstehen Sie denn noch nicht? Ich habe mich in Amerika mit Fräulein Florence Gilmore verlobt. Ich habe es Ihnen doch geschrieben?"

„Ganz richtig."

„Nun gut! . . . Ich bin hier angekommen . . . und nun . . . nun muß ich die Verlobung rückgängig machen."

„Aber weshalb, mein Lieber?"

„Weshalb? — Weil ich mich getäuscht hatte, als ich Florence zu lieben wähnte — weil ich eine andre liebe."

„Haben Sie dies Ihrer Braut schon mitgeteilt?"

„Nein, das ist es eben. Ich weiß nicht, was ich ihr schreiben soll."

„Schreiben Sie gar nicht."

„Wie?"

„Schreiben Sie nicht, das heißt nicht heute und nicht morgen. Seien Sie ein Mann; packen Sie Ihre

Koffer und verlassen Sie Paris ... Jetzt, in diesem
Augenblicke! Ich geleite Sie zur Bahn; ich bringe
Sie bis nach Berlin, wenn Sie wollen. — Wildhagen,
folgen Sie meinem Rat!"

Günther stand wie verwirrt. Er wandte den Kopf
nach rechts und links und strich sich mit der Hand
über Mund und Kinn und atmete laut.

„Wildhagen, folgen Sie meinem Rat!"

„Es ist unmöglich!" Ich kann es nicht!" brachte
er endlich mühsam hervor. „Ich kann es nicht!"
wiederholte er mit größerer Bestimmtheit.

„Sie können, wenn Sie wollen. Seien Sie ein
Mann und wollen Sie."

Wildhagen schüttelte langsam und traurig das
Haupt. „Ich kann nicht, lieber Dessieux. Es ist unnütz, von meinem Fortgehen ferner zu sprechen. Ich
muß hier bleiben. Also lassen wir das. Wozu wollen
Sie mich unnütz quälen? Helfen Sie mir mit Ihrem
Rat, wie ich meinem Vater und Fräulein Gilmore
schreiben soll."

Ein alter Diplomat hatte Dessieux einmal gesagt,
daß Sachen, die ganz verzweifelt erschienen, manchmal
noch durch „dilatorische Behandlung" gerettet werden
könnten.

„Nun," sagte er, „trotzdem rate ich Ihnen noch
einmal, schreiben Sie nicht! Telegraphieren Sie vorläufig nur. Ein Telegramm braucht nicht ganz klar
zu sein. Damit können Sie drei, vier Tage gewinnen.
Zeit gewonnen, alles gewonnen."

Der Gedanke behagte Wildhagen. Es wurde ihm
so schwer, die notwendigen Briefe an seinen Vater
und an Florence zu schreiben, daß er gern alles billigte,
was ihm gestattete, die peinliche Arbeit einige Tage
aufzuschieben.

„Was würden Sie telegraphieren?"

„Ihrem Vater: Sie sähen sich genötigt, sich noch einige Tage in Paris aufzuhalten. Sie wären ganz wohl, er möchte sich wegen der Verzögerung Ihrer Ankunft nicht beunruhigen."

„Das ist vorzüglich! Und an Fräulein Gilmore?"

„An Ihre Braut?" — Dessieux gebrauchte absichtlich dieses Wort. — „Ja, das ist schwerer. Denken wir etwas nach. — Haben Sie ihr Ihre Ankunft bereits angezeigt?"

„Ja, schon von Havre aus; in dem Augenblicke, wo ich gelandet war."

Der kleine Franzose blickte nachdenklich vor sich hin. Sein Gesicht, das bei seiner Ankunft etwas frischer erschienen, war wieder steinalt geworden. Wildhagen beobachtete ihn aufmerksam. Endlich sagte Dessieux:

„Ihrer Braut: ‚Ich kann leider mit der heutigen Post nicht mehr schreiben. Die nächste bringt Ihnen ausführliche Briefe.' — Das ist furchtbar dumm, ich gestehe es selbst, aber ich finde nichts Klügeres."

„Nein, das ist ganz gut," unterbrach ihn Günther. Er trat an seinen Schreibtisch und setzte die beiden Depeschen auf. Dann sah er nach der Uhr. „Ich muß jetzt fort," sagte er. „Wann sehen wir uns wieder?"

„Wann es Ihnen paßt. Ich bin frei und nur Ihretwegen in Paris."

„Dann wollen wir zusammen essen. Treffen wir uns um sechs Uhr bei Voisin!"

„Ganz einverstanden! Also um sechs Uhr bei Voisin!" Und damit entfernte sich Dessieux.

Die Unterhaltung mit Wildhagen hatte ihn verstimmt. Er hegte kaum einen Zweifel, daß die schöne Marquise an dem Treubruch seines Freundes schuld sei, aber er wollte sich volle Gewißheit über diesen Punkt verschaffen und begab sich nach dem Hotel Brô.

„Die Frau Marquise ist nicht zu Hause," sagte der Portier.

„Schön! Dann werde ich heute abend wiederkommen."

„Der Herr Vicomte würden sich vergeblich bemühen. Die Frau Marquise ist auf dem Lande."

„Wann kommt sie zurück?"

„Das weiß ich nicht, Herr Vicomte."

Der Portier war ein gut geschulter Mann, sein Gesicht ließ nicht erkennen, ob er log oder die Wahrheit sagte. Dessieux bemühte sich übrigens auch nicht, irgend etwas daraus zu lesen. Ein Zwanzigfrankenstück würde ihn wahrscheinlich über den wirklichen Tatbestand aufgeklärt haben, aber der kleine Mann war zu zartfühlend, um sich die Wahrheit auf diesem Wege zu verschaffen. Er hinterließ eine Karte und ging seiner Wege, dem Faubourg St. Honoré zu. An der Ecke der Straße wurde er durch einige vorüberfahrende Wagen aufgehalten, die ihn verhinderten, über die Straße zu gehen. In Gedanken drehte er sich um und sah nach dem Hotel Brô zurück. In demselben Augenblick trat ein Herr in jenes Haus. Dessieux erkannte Wildhagen. Dieser, den Kopf gesenkt, hatte seinen Freund nicht gesehen.

„Nun soll mich wundern, ob er ebenfalls abgewiesen wird," sagte sich Dessieux.

Er wartete volle fünf Minuten. Wildhagen kam nicht zurück. Kein Zweifel, daß für diesen die Marquise zu Hause war.

„Ich dachte es mir," fuhr Dessieux vor sich hin fort. „Von Wildhagen wundert es mich nicht: ein jeder Mann wäre in dieselbe Falle gegangen. Aber der schönen Marquise hätte ich es nicht zugetraut.

Sie ist also doch nicht ganz von Stein. Sie steigt in meiner Achtung."

Der Portier des Hotel Brô hatte Wildhagen ungehindert das Haus betreten lassen, und der Nachfolger des langen Jean, derselben guten Schule wie dieser angehörig, ihm dienstfertig den Überrock abgenommen, und ihn ins Empfangszimmer geführt, um ihn dort einige Minuten allein zu lassen. Als er zurückkam, sagte er:

„Die Frau Marquise lassen den Herrn Baron bitten."

Günther folgte dem stumm voranschreitenden Diener ins obere Stockwerk, wo die Privatgemächer der Marquise und der Prinzessin gelegen waren. Der Diener öffnete die Tür zu dem Boudoir der Marquise, meldete mit lauter Stimme den Herrn Baron von Wildhagen und zog sich dann wieder zurück.

Irenens Antlitz leuchtete auf in heller Freude, als sie Günther erblickte, aber sie ging ihm nicht entgegen — das war nicht ihre Art. Als er vor ihr stand, nahm sie seine beiden Hände und zog sie nach unten, so daß er, der keinen Widerstand leistete, auf die Knie sank. Dann schlang sie ihre Arme um seinen Nacken und küßte ihn.

„Du bist heute spät gekommen," sagte sie. „Eigentlich sollte ich böse sein."

„Ich hatte einen Besuch, dessen ich mich nicht entledigen konnte; entschuldige mich."

„Wer war bei dir?"

„Dessieux."

„Ach, der langweilige Mensch! Er war auch soeben hier. Da liegt seine Karte. Ich habe ihn nicht empfangen. Weshalb hast du ihn nicht fortgeschickt?"

„Ich konnte es nicht schneller, als ich es getan habe. Sei nicht böse."

„Ich bin dir nicht böse." Sie legte ihre Hand auf seine Stirn und bog seinen Kopf etwas zurück. „Was fehlt dir? Du siehst traurig aus."

„Mir fehlt nichts, aber . . ."

„Nun, aber?"

„Dessieux' Besuch hat mich daran erinnert, daß ich meinem Vater schreiben muß, der mich jeden Augenblick erwartet . . . und ich kann doch jetzt nicht von hier gehen."

„Nein," sagte sie mit dem ihr eigentümlichen, stillen Lächeln. „Du kannst jetzt nicht fort. Ich habe dich mir erobert. Du bist mein. Ich lasse dich nicht fort."

„Daran denke ich auch gar nicht. Aber ich muß meinem Vater schreiben."

„Nun, dann schreibe ihm," sagte sie leichtfertig, „ich ließe ihn grüßen und ihm sagen, wenn er dich sehen wollte, müßte er sich nach Paris bemühen, du könntest nicht nach Berlin kommen. — Das ist eine Idee: laß ihn kommen! Ich möchte ihn kennen lernen. Hat er auch so hübsche Augen wie du, mein liebes Herz?"

Günther lächelte. „Es würde ihn kränken, wenn ich ihm zumuten wollte, hierher zu kommen. Ich muß ihm schreiben. Es ist ein langweiliger Brief."

„Ich begreife nicht, wie man Sachen tun kann, die einen langweilen," sagte die Marquise. „Früher, wenn ich unangenehme Briefe zu schreiben hatte, bat ich Wendt darum, der unvergleichlich besser schrieb, als ich es gekonnt hätte. Jetzt vertritt ihn Blanche. Soll ich ihr sagen, einen Brief für dich zu schreiben? Sie tut es gleich. Du brauchst ihr nur anzudeuten, was darin stehen soll, und in einer halben Stunde bringt sie dir ein hübsch geschriebenes Epistelchen, an dem du deine Freude haben würdest. — Soll ich sie rufen?"

„Nein," sagte Günther, „ich werde schon selbst schreiben. Laß nur den Brief. Laß alles!" Er küßte sie. Was kümmerte ihn sein Vater, was Florence, was die ganze Welt, wenn er Irenen küssen durfte?

Nach einer Weile trat Irene, mit den Händen die schlichten schwarzen Haare glättend, an das Fenster und beobachtete einen Augenblick den Himmel und die Straße.

„Wollen wir ausreiten?" fragte sie.

„Ausreiten? Wie kommst du auf den Gedanken? Wir sind hier so gut aufgehoben."

„Nein, wir wollen ausreiten — mir zuliebe! Ich will mich dir zu Pferde zeigen. Du kennst mich noch gar nicht als Amazone, vielleicht gefalle ich dir dann. — Willst du?"

„Natürlich, wenn du es befiehlst."

„Du mußt es gern tun."

„Ich tue es gern."

„Dann warte fünf Minuten; ich bin sogleich fertig."

Prinz Andreas, Irenens Onkel, war ein vorzüg=licher Pferdekenner, und seine aufmerksame Sorge um die Reit= und Wagenpferde seiner Nichte hatte den Stall der Marquise Brô zu einem der anerkannt besten von Paris gemacht. — Die Pferde, die eine Viertel=stunde später gesattelt für Irene und Günther vor=geführt wurden, waren vollkommen schöne, edle Tiere. Günther, der sich auf Pferde verstand, musterte sie mit Bewunderung, als Irene erschien. — Sie hatte die richtige Figur der Reiterin: schlank, biegsam, und den engen Gürtel und die schmalen Hüften eines jungen Mädchens. Das knapp anliegende Kleid zeigte in seiner ganzen Vollendung das edle Ebenmaß ihrer Gestalt. Günther schüttelte unwillkürlich das Haupt. War es möglich, daß dies schöne Wesen sein — ganz sein war! Sie bemerkte seine beinahe bestürzte Be=

wunderung, und als sie sich, den kleinen Fuß in der Hand, leicht in den Sattel schwang, da flüsterte sie ihm zu: „Gefalle ich dir?" Er antwortete durch ein Senken der Augenlider, das sie verstand und befriedigte.

Als die beiden in den Champs Elysées angelangt waren, entfernte sie ihr Pferd einige Schritte von dem seinen und musterte Günther kritischen Blickes, wie sie es an dem ersten Abend, als sie ihn wiedergesehen, getan hatte.

„Du siehst gut aus," sagte sie. „Ich hätte dich auch nicht haben können, wenn du eine lächerliche Figur zu Pferde gewesen wärest." Sie näherte sich ihm wieder und lächelte still vor sich hin. „Weißt du, woran ich denke?"

„Nun?"

„Wenn ich Neubauer geheiratet hätte! Es wäre mir doch unmöglich gewesen, mit ihm auszureiten! Dazu hatte ich nur dich haben wollen. Und ich hätte ihn gezwungen, dich zu bitten, mich zu begleiten Und er hätte es getan, verlaß dich darauf; er hätte es getan. Oh, er ist so gutmütig!"

In dem Augenblick wurde sie von Dessieux, der über die Straße ging, begrüßt. Die Marquise dankte freundlich und unbefangen. Günther wurde rot. Irene sah es.

„Du ärgerst dich wohl, daß Dessieux uns angetroffen hat?"

„Nein."

„Doch, du ärgerst dich ein bißchen; du schämst dich sogar."

„Aber, Irene . . ."

„Sieh einmal, mich freut es, daß Dessieux uns gesehen hat. Er war soeben bei mir, und ich habe ihm sagen lassen, ich wäre auf dem Lande. Nun weiß er doch, daß ich ihn augenblicklich nicht empfangen will, und er wird nicht mehr den Versuch machen, uns zu stören. Aber du grübelst darüber nach, was Dessieux wohl von uns denken mag. Laß ihn doch denken, was er will! Was geht es uns an?"

Sie ritten jetzt am Triumphbogen vorüber, ließen das Monument zur Rechten und bogen in die breite, lange Straße ein, die damals noch den Namen Avenue de l'Impératrice führte. Irene wurde nun in kurzen Zwischenräumen von verschiedenen Herren und Damen begrüßt. Sie dankte allen mit kühler Freundlichkeit.

„Die meisten von diesen guten Leuten waren gestern und vorgestern und heute bei mir. — ‚Die Frau Marquise ist nicht zu Hause.' — Wie die Zungen jetzt arbeiten werden: ‚Wer mag der Herr sein, der mit ihr reitet?' — Aber laß sie nur sprechen! Sie ärgern sich über uns; die Frauen beneiden mich, und die Männer dich, und wir kümmern uns nicht um sie."

Günther vernahm jetzt dicht hinter sich das Schnauben eines Pferdes, und wandte sich um. Ein Herr hatte die im Schritt Reitenden eingeholt. Das Pferd, ein schöner arabischer Hengst, etwas zu klein für den langbeinigen Reiter, hatte viel Aktion; es senkte den Kopf bei jedem Schritt und spielte mit der Kandare, auf der man seine Zähne knirschen hörte. Der Reiter setzte es neben dem englischen Pferde der Marquise in Schritt, hob den Hut senkrecht hoch in die Höhe, stülpte ihn energisch wieder auf und sagte mit knarrender Stimme:

„Ich habe die Ehre, Sie zu begrüßen, Frau Marquise!"

Es war der schöne Olivier. Die Marquise nickte ihm zu. Dann hielt sie ihr Tier eine halbe Länge

zurück, so daß Raynaud nicht verfehlen konnte, Wildhagen zu sehen, und sagte:

„Die Herren kennen sich schon länger, wenn ich
nicht irre."

„Ich habe die Ehre," murmelte Raynaud, wobei
er den Hut wieder, aber weit weniger hoch hob als
das erstemal. — „Ich habe mir erlaubt, mich zweimal bei Ihnen vorzustellen," fuhr er, zur Marquise
gewandt, fort, „aber ich habe nicht das Glück gehabt,
vorgelassen zu werden. Das erstemal sagte mir der
Diener und bei meinem zweiten Versuch der Portier,
Sie wären auf dem Lande."

„Das bin ich auch," sagte Irene ganz ruhig.

Raynaud sah höchst albern aus, als er dies hörte,
und versuchte zu lächeln.

Derselbe kritische Blick, der vorhin auf Günther
geruht hatte, streifte jetzt die Gestalt des schönen, mit
tadelloser Eleganz gekleideten Olivier.

„Sie reiten da ein recht hübsches Tier," sagte
Irene.

„Ja, einen guten Gaul."

„Gut? Nein, das meinte ich nicht; aber hübsch,
sehr hübsch sogar."

Die drei waren jetzt am Ende der Avenue angelangt und bogen in den langen, zu jener Stunde
noch verödeten Reitweg des Bois de Boulogne ein,
der nach Longchamps führt. Die Marquise, ohne ein
Wort zu sagen, setzte ihr Pferd in Galopp. Das von
Günther gerittene Tier hielt sich Kopf an Kopf neben
seinem Stallnachbar, dem Pferde der Marquise.
Raynauds Hengst, bald eine halbe Länge vor, bald
wieder eine halbe Länge hinter den beiden, machte
wohl drei Sätze zu je zwei Sprüngen der sich ruhig
und lang auslegenden englischen Pferde. Herr de
Raynaud fing bereits an, etwas warm zu werden.

Er sah verdrießlich aus, und sein Pferd gab ihm mehr zu schaffen, als er zeigen wollte. Irene beobachtete ihn ganz ruhig. Sie lächelte nicht einmal. — Sie war eine vorzügliche Reiterin, und sie kannte das Pferd, das sie ritt, ganz genau. Durch leichte, unbemerkbare Bewegungen des Hakens und der Hand beschleunigte sie allmählich die Gangart, in der sie dahingaloppierte. Günther hatte nichts zu tun, um an ihrer Seite zu bleiben. Die beiden Stallgenossen liefen nebeneinander in demselben langen, ruhigen, regelmäßigen Sprunge. Der Sprung blieb lang und regelmäßig, aber wurde schneller. Die beiden Pferde, leicht und sicher gehalten, die Köpfe gesenkt, sausten dahin. — Plötzlich bemerkte Günther, daß der schöne Olivier verschwunden war. Er wandte sich um. Da erblickte er mehrere hundert Schritte hinter sich, mitten auf dem Wege, Herrn de Raynaud, der wütend auf sein schönes, sich bäumendes Pferd einhieb, als sei das arme Tier schuld daran, daß es dem englischen Vollblut an Geschwindigkeit nicht gewachsen war, und daß sein Herr nicht ordentlich reiten konnte.

„Wo ist er?" fragte Irene.

„Weit hinter uns," antwortete Günther.

„Er soll uns nicht wieder einholen," fuhr sie fort. „Er glaubte, mich verlegen machen zu können. Er wollte mir vorwerfen, ihn nicht empfangen zu haben. Der Narr! Nun ist er bestraft, wie er es verdient. Du bist viel zu gut und zu einfach, um zu verstehen, wie sehr sich der eitle Geck in diesem Augenblick ärgert. Das freut mich!"

Das Ende der langen Allee war jetzt erreicht, und die Pferde wurden in Schritt gesetzt. Irenens Augen ruhten mit zärtlichem Ausdruck auf Günthers Gestalt.

„Wie gut du reitest, und wie gut du aussiehst," sagte sie, „das gefällt mir an dir ... Alles gefällt

mir an dir . . . Auch daß du so einfach und kindlich
bist. — Ich bin es nicht. — Ich habe dich lieb — ach
so lieb! Ich möchte dich ganz glücklich machen. —
Vor dir habe ich niemand liebgehabt . . . Dich,
mein Leben, liebe ich, liebe ich unbeschreiblich!"

Der Weg um den Rennplatz von Longchamps war
nicht ganz verödet. Hier und da erblickte man Fuß=
gänger und Wagen. Das kümmerte Irenen nicht.
Sie streckte ihre Hand aus und ergriff die Günthers
und hielt sie in starkem Drucke fest.

„Ich liebe dich unbeschreiblich, du, mein geliebtes
Leben. Was soll ich tun, um es dir zu zeigen? —
Sprich!"

Er konnte sie nur dankend, stumm ansehen.

„Oh, die lieben, treuen Augen!" sagte sie.

Die Wege im Bois de Boulogne füllten sich ganz
langsam mit Wagen und Reitern. Die Stunde nahte,
zu der das elegante Paris die Rundfahrt um „die
Seen" zu machen liebte.

„Wir wollen über Auteuil nach Hause reiten,"
sagte Irene, „damit wir nicht so vielen langweiligen
Menschen begegnen. Ich kenne Wege, wo ich dich
ungestört ansehen kann. Komm!"

Sie setzte ihr Pferd in Trab. Günther blieb an
ihrer Seite. Nach einer Weile ritten sie durch ein
kleines Gehölz, wo die Pferde wieder in Schritt ver=
fielen. Rechts vom Wege, hinter Bäumen versteckt,
schimmerten die weißen Wände einer Villa. Ein
Kaninchen hüpfte gelassen über den Weg. Auf einer
alten Linde saß eine Dohle, die neugierig auf das
langsam vorbeireitende Paar herabblickte. Da machte
Irene halt, sah sich schnell nach allen Seiten um,
drängte ihr Pferd dicht an das Günthers, umschlang
den Reiter mit beiden Armen und drückte einen Kuß
auf seinen Mund.

„So!" sagte sie, befriedigt aufatmend: „Danach habe ich mich seit einer Stunde gesehnt. Nun wollen wir wie ein Paar vernünftige Menschen nach Hause reiten." Sie schwieg eine kleine Weile, dann lachte sie leise: „Schade, daß der schöne Olivier uns soeben nicht gesehen hat."

Ihr Weg hatte sie nun nach dem Rennplatz von Auteuil geführt. Irene wollte wieder schneller reiten.

„Nein," sagte Günther, „laß uns im Schritt bleiben. Es ist zu schön, so mit dir zusammen zu sein."

„Bist du glücklich?"

„Ganz glücklich."

Er sagte es ohne jeden Zwang und meinte es aufrichtig, aber seine Stimme klang traurig, und das innige Lächeln, mit dem er Irenens Blick erwiderte, war nicht das eines Glücklichen. Er brauchte in diesem Augenblick nicht an die Briefe an seinen Vater und an Florence zu denken. Die Aufgabe war vorläufig durch die vor wenigen Stunden abgesandten Telegramme erledigt. Aber er wollte ja auch mit Irenen sprechen. Die Gelegenheit war vielleicht günstig.

„Irene!"

„Ja, mein Herz."

„Werden wir oft allein zusammen sein?"

„Du meinst, ob wir oft zusammen ausreiten werden?"

Das hatte er gerade nicht sagen wollen, aber er antwortete:

„Ja!"

„Jeden Tag, wenn es dir Freude macht."

„Ich wollte noch etwas andres sagen."

„Nun, und was?"

Die Zunge war ihm wie gelähmt. Als er Florence zum ersten Male geküßt hatte, da war es für ihn selbstverständlich gewesen, daß Florence seine Frau werden würde. Er hatte davon gar nicht zu sprechen brauchen. Er war ganz sicher gewesen, daß Florence gerade so wie er über diesen Punkt dächte. Aber Irenen gegenüber suchte er vergeblich nach Worten, um zu erkennen zu geben, daß er in ihr seine Gefährtin für das Leben erblickte. Ihre Augen, die mit Wohlgefallen auf ihm ruhten, nahmen einen Ausdruck verständnisvoller Klugheit an.

„Nun," wiederholte sie, „was willst du mir noch sagen?"

Da wurde er rot und stammelte wie ein verlegenes Kind:

„Werde ich dich nie verlieren? Wirst du mich nicht verlassen? Sieh, Irene" — der Ton seiner Stimme hatte etwas Flehendes, Trauriges, unendlich Rührendes — „all mein Glück ist bei dir. Du weißt nicht, nein, du kannst nicht ahnen, wie ich dich liebe, über alles liebe!"

Irene hörte dies gerne, aber sie blieb ganz ruhig.

„Für diese Worte will ich dir nachher danken, wenn wir zu Hause sind," sagte sie.

„Aber antworte mir doch."

„Was soll ich dir antworten?"

„Daß du mich nicht verlassen wirst."

„Nein, ich verlasse dich nicht," sagte sie, leichtfertig beschwichtigend, und er fühlte, daß diese Antwort so gut wie keine Antwort war. Er seufzte leise.

„Bist du nicht zufrieden?" fragte sie. „Du sagtest doch soeben, du seiest glücklich!"

„Ja, ich bin glücklich," antwortete er zerstreut.

Sie sah ihn von der Seite an, und ihre schmalen Lippen kräuselten sich in einem leichten, zurückgehaltenen Lächeln. Er bemerkte es nicht.

Sie näherten sich nun dem äußersten Ende einer der großen Avenuen, die strahlenförmig vom Arc de Triomphe ausgehen. Die Straße belebte sich.

„Wir wollen jetzt nur schneller reiten," sagte Günther.

„Warum?"

„Alle Leute sehen uns an."

„Nun, dann werden sie ihre Freude haben. Oder stört es dich? Ist es dir unangenehm, in meiner Gesellschaft gesehen zu werden?"

„Wie kannst du das denken!"

Sie blickte ihn an und schüttelte den Kopf.

„Ich habe mir manchmal eingebildet," sagte sie, „daß ich die Gabe besitze, die Menschen leicht zu erkennen und gut zu beurteilen. Du bist ein schlichter, aufrichtiger Mann; man sollte meinen, daß man wie in einem offenem Buch in dir lesen könnte — und doch verstehe ich dich nicht. — Das Buch ist in einer mir fremden Sprache geschrieben. — Wie mag es nur in deinem Herzen aussehen?"

„Wenn du das sähest, Irene, dann würdest du erkennen, daß ich dich liebe, unbeschreiblich liebe, mit Glück und, ach! mit Schmerzen."

„Mit Schmerzen?"

„Ja, mit Schmerzen!"

„Weshalb?"

Nein, er konnte Irene nicht erzählen, daß sie ihn wortbrüchig an Florence gemacht hatte und daß der Gedanke daran ihn peinige, ihm seine Ruhe nahm. Eine Art ehrerbietiger Scheu vor dem reinen Mädchen, das er verraten hatte, schloß ihm den Mund. Er fühlte, daß Irene das Bekenntnis seiner Schuld leicht genommen haben würde. Sie sah ernst und tief aus, aber sie nahm alles leicht, auch seine Liebe zu ihr und ihre Liebe zu ihm. Und dieser Gedanke gab ihm eine Antwort ein auf ihre Frage: „Weshalb liebst du mich mit Schmerzen?“

„Weil mich die Furcht quält, ich könnte das Glück, das ich jetzt besitze, jemals verlieren.“

„Wie lange kenne ich dich schon?“ sagte sie. „Viele Jahre! — Hast du mich wankelmütig gefunden? Du hast mir vom ersten Augenblick, da ich dich sah, gefallen, und ich habe dich mit jedem Tage lieber gewonnen. Du weißt es ja. Sei nicht traurig; das Leben ist ja so schön. Sieh mich freundlich an ... Oh, die lieben, treuen Augen!“

Günther erkannte, daß Irene ihn nicht verstand, daß sie ihm ein Rätsel war ... und daß er nicht von ihr lassen konnte. Florence war wieder vergessen.

Es war noch früh am Tage, als die beiden nach dem Hotel Brô zurückkehrten. Günther machte Miene, sich zu entfernen, nachdem er Irenen vom Pferde geholfen hatte.

„Wann darf ich heute abend zurückkehren?“ fragte er.

„Das wollen wir oben besprechen,“ antwortete sie leise. — „Bringen Sie Tee in den kleinen Salon,“ setzte sie, zum Diener gewandt, hinzu.

Günther folgte ihr. Als sie mit ihm in ihr kleines Boudoir getreten war, umarmte sie ihn flüchtig und sagte: „Nun gedulde dich zehn Minuten,“ und ließ ihn allein.

Günther versank in tiefes Nachdenken. Die letzten vier Tage hatten sein Leben umgestaltet; er hatte mit seiner Vergangenheit gebrochen und — er gestand es sich und klagte sich dessen an — mit seiner Ehre. Er war wortbrüchig geworden. Er wußte wohl, daß es die Welt mit einem heiligen Worte, das eines einfachen, vertrauenden Mädchens Herz betört hat, nicht so genau nimmt wie mit einem leichtfertigen Versprechen am Spieltisch, durch das man sich, möglicher-

weise einem Elenden gegenüber, verpflichtet hat, eine
verlorene Summe Geldes innerhalb vierundzwanzig
Stunden zurückzubezahlen; er war sich klar darüber,
daß seine Stellung in der Gesellschaft durch den von
ihm an Florence verübten Verrat schwerlich erschüttert
werden würde; aber er wußte auch, daß er vom geraden Wege abgewichen war, daß er nach dem strengen
Maße, nach dem er sich selbst maß, aufgehört hatte,
ein Ehrenmann zu sein. — Noch war es nicht zu spät,
noch konnte er umkehren und die gerade Straße
wieder erreichen. Florence wußte nicht, was in Paris
vorgefallen war, brauchte es nie zu erfahren. Er
hatte nur die Tür zu öffnen, die Treppe hinunter-
zugehen, und er war frei. Er war gestrauchelt, gefallen, aber hätte sich wieder aufgerafft! Er ergriff
seinen Hut, er näherte sich der Tür. Ein schneller,
männlicher Entschluß, und er war gerettet! — Er
hatte nicht den Mut dazu. Er ließ sich wieder nieder,
blickte eine Weile still vor sich hin und dann, die Arme
an die Brust gelegt, bedeckte er sein Gesicht mit beiden
Händen, und wie in heftigem Schmerz laut aufatmend, beugte er den Oberkörper in kurzer, langsam
schwingender Bewegung vor- und rückwärts.

„Mein Gott, was fehlt dir?"

Er ließ die Hände fallen. Irene stand vor ihm
in demselben weißen Gewande, in dem sie am ersten
Abend nach seiner Wiederkehr vor ihm erschienen war.
Sie blickte ihn verwundert an.

„Was fehlt dir?"

Er schämte sich, auch nur einen Augenblick eine
gute Regung gehabt zu haben.

„Ich habe Kopfschmerzen," sagte er.

„Mein armer Günther!" Sie setzte sich neben ihn
und nahm seinen Kopf und zog ihn an ihre Brust.
„Hier ruhe dich aus, du bist ganz blaß geworden."

Er schloß die Augen, und sie streichelte mit einer Art mütterlicher Zärtlichkeit die Wangen und das helle deutsche Haar, dessen lichter Schimmer sie erfreute. Er fühlte sich elend, schwach und doch auch wieder glücklich.

„Weißt du, was ich möchte?" fragte er leise, die Augen noch immer geschlossen.

„Nun, was möchtest du? Kann ich es dir verschaffen?"

„Ich möchte," fuhr er fort, „so, wie ich hier ruhe, einschlafen ... und nicht wieder aufwachen."

Sie lächelte.

„Oh, über die deutsche Sentimentalität!"

Der Herbsttag nahte seinem Ende. Es wurde dunkler in dem kleinen, stillen Zimmer. Die beiden sprachen nicht mehr. Es schien beinahe, als wäre sein Wunsch wenigstens zur Hälfte in Erfüllung gegangen und er in Irenens Armen eingeschlafen. Da schlug die Stutzuhr auf dem Kamin die volle Stunde: sechs! Günther hob den Kopf.

„Ich muß jetzt gehen," sagte er.

„Warum? Bleib und iß mit uns."

„Ich habe Dessieux versprochen, um sechs Uhr bei Voisin zu sein."

„Das schadet nichts. Ich lasse dich nicht fort."

„Dann will ich ihm ein Wort schreiben und mich entschuldigen."

„Wozu? Was macht es aus, wenn er dir dein Fortbleiben übelnimmt? Du bist zu rücksichtsvoll. Du sollst auf niemand Rücksicht nehmen als auf mich. Komm! Meine Mutter ist pünktlich; wir wollen sie nicht warten lassen."

Günther hätte sich gern bei Dessieux entschuldigt, aber Irene wünschte, daß er es nicht täte, und er gehorchte ihr. — Unten an der Treppe, die die beiden

langsam hinabgestiegen waren, trafen sie mit Fräulein
van Naarden zusammen. Irene stellte Günther und
Blanche einander vor. Das schöne Mädchen musterte
den Fremden mit dreister Aufmerksamkeit, aber würdigte
ihn keines Wortes. Wildhagen war nicht in der
Stimmung, gesellschaftliche Unhöflichkeiten zu empfinden, und es fiel ihm nicht auf, daß Blanche seinen
gewohnheitsmäßig höflichen Gruß kaum erwidert hatte.
Aber Irene zuckte die Achseln und lächelte, und Blanche,
die dies sah, warf ihr einen feindlichen Blick zu, der aber
an dem Gleichmut der Marquise ohne bemerkbaren
Eindruck abprallte. Dann traten die drei in das
Speisezimmer, wo der Prinz Andreas bereits wartete.
Dieser begrüßte Günther, den er seit mehr als drei
Jahren nicht gesehen hatte, artig, ja sogar mit einer
gewissen Herzlichkeit, doch so, als ob er mit dem alten
Gaste des Hotel Brô am vorhergehenden Abend noch
zusammengetroffen wäre.

„Es geht Ihnen gut, mein lieber Baron? Nun,
das freut mich. Sie sehen vorzüglich aus.“

Gleich darauf erschien auch Irenens Mutter. Günther
näherte sich ihr, verbeugte sich ehrerbietig und murmelte
einige unverständliche Worte der Begrüßung. Die
Prinzessin blieb kerzengerade vor ihm stehen, den
Kopf etwas zurückgebeugt, genau in der Haltung, die
auch Irene Fremden gegenüber zu beobachten pflegte,
und nahm mit halbgeschlossenen Augenlidern, ohne
eine Miene zu verziehen, Günthers Gruß entgegen;
dann reichte sie ihm die Hand zum Kusse und sagte
in demselben kalten Tone wie bei seiner ersten Vor=
stellung: „Seien Sie willkommen, Herr Baron...“
Sie schien seinen Namen zu suchen, aber da sie ihn
nicht fand, brach sie mit dem „Herrn Baron“ ab
und ließ sich majestätisch an der Spitze der Tafel
nieder.

Günther nahm auf ein Zeichen der Marquise rechts neben der Prinzessin Platz; auf der andern Seite hatte er Irenen zur Nachbarin; ihm gegenüber saßen Prinz Andreas und Fräulein Blanche. Es war derselbe große Tisch, an dem Günther sich früher immer in zahlreicher Gesellschaft niedergelassen hatte. Die Stühle der fünf Personen standen weit auseinander und von einer vertraulichen Unterhaltung zwischen Tischnachbarn konnte nicht die Rede sein. Es wurde überhaupt wenig gesprochen, und das Ganze machte auf Günther den Eindruck des Kalten und Unbehaglichen. Er kam sich in der stillen Gesellschaft wie ein unwillkommener Eindringling vor. Irene, die seine Gedanken zu erraten schien, wandte sich zu ihm und sagte halblaut, doch so, daß alle am Tische es hören mochten:

„Finden Sie nicht, daß es außerordentlich heiter bei uns zugeht?"

Die Prinzessin und Prinz Andreas taten, als ob sie die Worte nicht gehört hätten; Blanche lachte kurz und höhnisch. Günther sagte mit einiger Verlegenheit: „Seitdem ich zum letzten Male die Ehre hatte, hier zu speisen, hat sich Ihre Tischgesellschaft erheblich verkleinert. Ihre Freunde sind wohl noch auf dem Lande?"

„Nein, ich bin ja noch auf dem Lande," antwortete Irene lachend.

Sie lachte nicht wie die meisten andern Menschen; man hörte dabei nur ein tonloses Hervorstoßen des Atems; ihre Augen behielten den Ausdruck von Müdigkeit und Gleichgültigkeit, der ihnen eigen war, und nur das kurze Hervorblitzen der weißen, kleinen Zähne hinter den wenig geöffneten, schmalen, geraden Lippen ließ das Lachen erkennen. Es war sicherlich kein herzliches zu nennen.

Nach dem Essen begab sich die Gesellschaft in das große Empfangszimmer. Die Prinzessin setzte sich an den Kamin, wo sie nach kurzer Weile die Augen schloß und in Schlaf versank; Prinz Andreas, der ihr gegenübersaß, hatte eine Abendzeitung genommen, in der er, einen Kneifer ganz vorn auf der Nase, den Börsenbericht und die öffentlichen Vergnügungen las. Von Zeit zu Zeit blickte er über die Brillengläser nach seiner Schwester und nach seiner Nichte. Diese letztere entzog sich bald seinen Beobachtungen, indem sie in das Musikzimmer trat, wohin Günther auf ihren Blick nachfolgte. Blanche ging unruhig im Salon auf und ab, wobei sie sich verschiedene Male Irenen näherte, als wollte sie mit ihr sprechen. Aber der Marquise schien dies nicht zu behagen, denn jedesmal, wenn Blanche in ihre Nähe kam, wandte sie sich mit irgendeiner gleichgültigen Bemerkung an ihren Nachbar Wildhagen. Als die beiden in das Musikzimmer getreten waren, verließ Blanche den Salon. Sie schloß dabei die Tür mit einiger Lebhaftigkeit, so daß die Prinzessin die Augen aufschlug und, ohne den Kopf zu bewegen, fragend und unfreundlich um sich blickte.

„Spiele mir etwas vor ... wie früher," sagte Irene, als die beiden im Musikzimmer allein waren. — Günther hatte aus Amerika eine große Anzahl sogenannter Negerlieder mitgebracht von gefälliger, leichter Melodie, die Irene noch nicht kannte und denen sie mit augenscheinlichem Vergnügen lauschte. „Und nun," sagte sie nach einer Weile, „meinen alten Liebling, das traurige Lied. Aber du mußt es auch singen."

„Nicht heute."

„Warum nicht?"

„Ich bin nicht dazu aufgelegt."

Irene schüttelte den Kopf.

„Wenn ich dich nur verstehen könnte . . .“ Nach einer kleinen Weile fuhr sie fort: „Aber das schadet nichts. Gerade so, wie du bist, und nur so habe ich dich lieb. Raynaud ist schöner als du, und Dessieux weit amüsanter, und Neubauer klüger — aber du bist mir lieber als jeder und alle. Ich mag keinen schönen, amüsanten, klugen Menschen. Ich will jemand, der gut ist und der mich lieb hat, lieber als sich selbst. Das hast du, nicht wahr?“

„Ja, ich habe dich über alles lieb.“

„Wie komisch ernsthaft du das sagst. Das macht dir der beste Schauspieler nicht nach, und es klingt doch so einfach.“

Sie trat an die Tür. Der Salon war leer geworden. Die Prinzessin hatte sich in ihre Gemächer zurückgezogen, Onkel Andreas war in ein Theater gegangen. Da kehrte Jrene zu Günther zurück, nahm seinen Kopf zwischen ihre beiden Hände und küßte ihn zärtlich.

„Das ist die Belohnung dafür, daß du dich so hübsch artig gelangweilt hast,“ sagte sie. „Geht es hier nicht äußerst vergnüglich zu? — Mama spricht kein Wort bei Tisch, und nach dem Essen schläft sie ein. Onkel Andreas wartet das mit Ungeduld ab, um sich fortzuschleichen, und Blanche, die sonst ein ganz gutes Mädchen ist, wird mürrisch, sobald sie ein fremdes Gesicht erblickt. — Was sollte ich anfangen, wenn ich dich nicht hätte?“

„Du hast dich doch bis vor wenigen Tagen ohne mich beholfen.“

„Ja, aber da wußte ich noch nicht, wie schön es ist, jemand lieb zu haben. Jetzt könnte ich dich nicht mehr entbehren.“

„Das ist das beste Wort, das ich von dir gehört habe,“ sagte er.

Sie öffnete das Fenster und lehnte den Kopf hinaus. Dem rauhen Tage war ein ruhiger, milder Abend gefolgt.

„Komm in den Garten," sagte sie, „es ist jetzt nicht mehr so schön dort wie im Sommer; aber ich möchte mit dir die Stelle wieder betreten, wo du mich zum ersten Male geküßt hast."

Er folgte ihr, und sie gingen wie vor drei Jahren Schulter an Schulter durch die Lindenallee. Aber sie hing jetzt liebevoll an seinem Arm und schmiegte sich an ihn, und es war ihm, als fühlte er das Schlagen ihres pochenden Herzens.

„Hier," sagte sie, am Ende des Baumweges stehen= bleibend, „hier war es. Oftmals habe ich, seitdem du gegangen bist, daran gedacht. — Und du?"

„Auch ich."

„Immer?" fragte sie.

Er hatte ihretwegen Verrat geübt, aber er konnte nicht lügen.

„Als dein Schweigen mich glauben machte, daß du mit mir nur gespielt hättest, da habe ich mich bemüht, dich zu vergessen ... und eine Zeitlang habe ich nicht an dich gedacht."

„Und dann hast du eine andre liebgewonnen?"

„Ja!" antwortete er zögernd.

Sie trat schnell einen Schritt zurück.

„Wen?"

„Das ist ja nun alles tot und begraben und ver= gessen."

„Ich will es doch wissen. Wen hast du geliebt? Sage es mir, schnell! Komm ins Gartenzimmer, dort sind wir ungestört."

Sie schritt voran und trat in den Pavillon, in dem es so still war, als befände man sich dort viele Meilen weit von der großen Stadt ... Das heimische Zimmer hatte bereits seine Wintertoilette angelegt; ein dicker türkischer Teppich bedeckte den Fußboden, schwere dunkle Vorhänge hingen an den Fenstern und an der Tür und schlossen das Gemach vor den Augen und dem Geräusch der Außenwelt ab; im Kamin glimmten die Kohlen eines langsam verlöschenden Feuers; eine große, altertümliche Ampel aus buntem Glase, die, an schweren silbernen Ketten in der Mitte der Decke hängend, den Platz eines Kronleuchters einnahm, verbreitete ein mildes, ruhiges Licht. — Irene ließ sich auf einem der Sessel nieder, die vor dem Kamin standen, und bedeutete Günther, ihr gegenüber Platz zu nehmen.

„Nun erzähle mir die Geschichte deiner Liebe!"

Er blieb stumm und zerrte an seinem Schnurrbart und blickte in das verglimmende Feuer. Sie stand auf, setzte sich auf die niedrige Lehne des Sessels, den er eingenommen hatte, schlang den Arm um seinen Nacken und legte seinen Kopf an ihre Brust.

„Erzähle mir die Geschichte," wiederholte sie einschmeichelnd, „sonst glaube ich, daß du die andre mehr liebst als mich."

„Das darfst du nicht glauben, denn ich habe sie um dich verlassen."

„Und jetzt bereust du es. — Geh! Ich gebe dich frei!"

„Nein, ich bereue es nicht."

„Aber warum bist du traurig? Denn du bist traurig. Warum freust du dich nicht unsers Glückes?"

„Weil ich schlecht gehandelt, weil ich Verrat geübt habe."

„War sie hübsch?"

„Ja."

„Hübscher als ich?"

„Ganz anders."

„Aber sie gefiel dir besser?"

„Nein."

„Wie alt war sie?"

„Achtzehn Jahre alt."

„Das arme Ding! Es wird sich trösten. — Tröste dich! Wann hast du sie zum letzten Male gesehen?"

„Vor kaum drei Wochen."

„Also in Amerika?"

„Sie war eine Amerikanerin."

Das kurze, sachliche Fragen machte ihn ungeduldig.

„Ich will dir lieber alles erzählen," sagte er. Sie verließ den Platz an seiner Seite und setzte sich wieder ihm gegenüber, und er begann zu sprechen mit tonloser, leiser Stimme, ohne eine Miene zu verziehen, und doch öffnete er ihr sein ganzes Herz. Als er geendet hatte, saß er eine Weile stumm, dann stand er auf, kniete vor Irenen nieder, nahm ihre beiden Hände und bedeckte damit sein Gesicht. „Darum sagte ich dir heute nachmittag," flüsterte er, „ich liebe dich mit Glück und auch mit Schmerzen, und darum quält mich die Furcht, ich könnte dich je verlieren; denn du bist mein alles, und ich weiß nicht, was ich dir bin."

„Du bist mein Leben," sagte sie. „Ich liebe dich!"

Als Wildhagen zu später Stunde das Hotel Brô verließ und nach seiner Wohnung ging, da faßte er auf dem kurzen Wege den Entschluß, noch in derselben Nacht an seinen Vater und an Florence zu schreiben. Er mußte Klarheit und Einfachheit in seine verworrenen Angelegenheiten bringen. Er glaubte, er würde sich dann ruhiger fühlen. Jetzt war jede Stunde seines Lebens eine Lüge gegenüber seinem Vater und Florence. Sie sollten die Wahrheit erfahren. Er konnte sich vor Florence nicht rechtfertigen, aber er wollte sie nicht länger belügen.

Der Brief an seinen Vater wurde ihm nicht schwer und war schnell geschrieben. Er erzählte diesem in etwas dunkeln Worten, eine Herzensangelegenheit hielte ihn in Paris zurück. Der Vater sollte ihm Zeit gewähren, sie in Ordnung zu bringen, und ihn nicht drängen, jetzt nach Deutschland zurückzukehren. Eines könnte der Vater sicher sein: daß nichts des Sohnes Liebe und Verehrung für ihn ändern und verringern könnte; und da er, der Vater, dies ja wüßte, so möchte er dem Sohne vertrauen.

Als der Brief geschlossen war, versiegelte Günther ihn sofort und legte ihn beiseite. Er war mit dem Schriftstücke nicht zufrieden. Er wußte, daß sich sein Vater dabei nicht beruhigen würde; aber ein Brief war etwas mehr als die kurze Depesche vom Morgen und besser als gar nichts. Seinem Vater einen einfachen, klaren, aufrichtigen Brief zu schreiben, wie er dies bisher in seinem Leben nie anders getan hatte, dazu fühlte sich Günther unfähig.

Und dann kam der Brief an Florence. Günther schrieb lange daran. Er schrieb ausführlich und aufrichtig. Er war sich bewußt, daß dies seine Pflicht sei, wenn er nicht noch Lüge und Feigheit zu dem von ihm begangenen Verrat gesellen wollte. Die Zeilen reihten sich schnell und regelmäßig aneinander. Er erzählte zunächst das Tatsächliche: daß er vor Florence eine andre geliebt, von der er sich vergessen gewähnt, und die er vergessen habe; als er sie jetzt wiedergefunden, da sei seine alte Liebe von neuem erwacht, und er habe ihr nicht widerstehen können. Er schrieb, er sei sich bewußt, sich an Florence versündigt zu haben, aber er erbäte nicht ihre Verzeihung. Nur eins wollte er sagen, daß er für seine schwere Schuld auch schwer bestraft sei. Er leide unsäglich unter dem Bewußtsein derselben, und dies quälende

Bewußtsein werde ihn nie wieder verlassen. Er wisse, daß er sein Leben vergiftet habe. Daß dies an ihm zehre und ihn peinige — das sei aber sein einziger Trost, denn er betrachte es als eine Sühne seiner Schuld. Für Florence wolle er sein Leben hingeben; aber seiner Liebe für Irenen könne er nicht entsagen, obgleich diese Liebe Florencens und sein Glück zerstört habe.

Diesen langen Brief las Günther, nachdem er ihn beendet hatte, aufmerksam durch, und dabei blieb sein bleiches, ernstes Gesicht so unbeweglich, als ob es versteinert gewesen wäre. Aber er atmete laut und beklommen, und seine kalte Stirn war mit Angstschweiß benetzt. Dann schrieb er nach einigem Nachdenken wenige Zeilen an Bella und bat sie, von dem Briefe an Florence Kenntnis zu nehmen, und denselben an seine Bestimmung gelangen zu lassen.

„Sie werden dies schonender tun, als eine andre es könnte, und der peinliche Auftrag, den ich Ihnen anvertrauen muß, bedarf keiner Entschuldigung." Über sich selbst äußerte Günther in dem Brief an Bella kein Wort. Er war Florence aufrichtige Wahrheit schuldig — die hatte er nun gesagt. Er hatte seine Handlungsweise dargestellt, ohne den Versuch der Beschönigung und Entschuldigung zu machen. Das, was er getan hatte, war so häßlich, daß er keine Verzeihung verdiente. Er wollte sie nicht erbetteln. Der Schmerz und die Verachtung der guten, einfachen Menschen, die ihm vertraut hatten und von ihm verraten worden, waren eine verdiente Strafe. Er wußte sich tief gesunken, doch fühlte er sich stark genug, um die Strafe zu tragen, um den Gedanken an die Möglichkeit, sich derselben zu entziehen, zurückzuweisen. Bella hatte gesagt: „Wenn der Mann, dem Florence ihr Herz schenkt, gut und ehrlich ist, so wird es ihm leicht werden, Florence glücklich zu machen; wenn er sie unglücklich machte, so wäre er ein Elender." — Er hatte Florence unglücklich gemacht.

Der graue Herbstmorgen dämmerte bereits herauf, als Günther, nachdem er die Treppe hinuntergeschlichen war, auf die Straße trat, um die Briefe zur Post zu bringen. Er wollte davon befreit sein, um ganz und gar mit der Vergangenheit abgeschlossen zu haben. An die Zukunft wagte er nicht zu denken. Als er bald darauf wieder in seinem Zimmer war, entkleidete er sich langsam, warf sich auf das Bett und versank in bleiernen Schlaf.

*

Es mußte so kommen!

Das Glück, das Günther bei Irenen gefunden hatte, war vom ersten Augenblick an kein ungetrübtes gewesen; während des Winters und Frühjahrs hatte es sich mehr und mehr verdunkelt, und als der Sommer kam, da war es verschwunden — gänzlich verschwunden. Günther erkannte mit nagendem Schmerze, daß Irene ihn nicht mehr liebte, daß seine Liebe sie ermüdete, und daß dies nie wieder anders werden könnte. Er war nachdenklicher Natur, und während der langen, einsamen Stunden, die Irenens Vernachlässigung ihm schuf, hatte er über sie, über ihre Gefühle für ihn und ihr Verhältnis zu ihm nachgedacht. — Seine Gesellschaft hatte ihr eine Zeit lang angenehme Zerstreuung gewährt, seine Liebe sie erfreut: er hatte ihr „gefallen". Zu etwas Höherem, Wärmerem konnte sie ihr Herz überhaupt nicht erheben. Sie hatte die Gefühle, die Wildhagen ihr einflößte, für Liebe gehalten und war aufrichtig gewesen, als sie ihm gesagt hatte: „Ich liebe dich." — Sie konnte einfach nicht lieben, wie Günther liebte.

Wendt hatte recht gehabt: sie war herzlos. — Günthers Traurigkeit hatte ihr zuerst Grund und berechtigten Grund zu Klagen gegeben. Aber wäre er glücklich und zufrieden erschienen, so würde dies auch nichts an dem Verlauf ihrer Beziehungen zu ihm geändert haben. Der „schöne" Olivier oder der „amüsante" Dessieux würden Irenen ebenso schnell gelangweilt haben wie der „stille" Wildhagen, vielleicht noch schneller. Denn Günther war wenigstens nicht „störend". Er erhob keine Ansprüche, und er trug, ohne zu klagen, die zahllosen Kränkungen, die ihm ihre Gleichgültigkeit und Rücksichtslosigkeit zufügten. Er war noch immer bequem, selbst als er ihr nicht mehr liebenswürdig erschien; er machte ihr keine Vorwürfe, zeigte keine Eifersucht — er war eben nur „schwer". — Deshalb kam es auch nicht zu einem förmlichen Bruch zwischen den beiden, sondern nur zu einer Entfremdung.

Günther hatte Irenen vom ersten Tag an geliebt, aber wenn dies zum Ausdruck gekommen war, so war es ihr zu danken. Er war mit seiner Liebe unbeweglich, wie festgewurzelt gewesen; sie hatte sich ihm genähert, sie ihn zuerst in ihre Arme geschlossen. Wenn Günther sich alles recht überlegte, so waren bei seinem Verhältnis zu Irenen die Rollen vertauscht gewesen: er, der Mann, war mit seiner inbrünstigen Liebe der „leidende" Teil, sie in auflodernder Glut der „handelnde" gewesen. Und jetzt, da die Leidenschaft bei ihr erloschen war, hatte sie ihn verlassen. Es war die gerechte Strafe für seinen Verrat an Florence. — Aber wie hatte ihn sein Schuldbewußtsein gepeinigt! Irene dagegen empfand nicht einen Schatten von Reue über die Qualen des einst Geliebten. Wenn sie etwas in dem Verlauf, den die Sache genommen hatte, bedauerte, so war es nur, daß Wild-

hagen aufgehört hatte, sie zu „amüsieren". Der
kleine Liebesroman hatte ihr einige Zerstreuung gewährt, die sie jetzt manchmal etwas vermißte. Aber
dies ging nicht so weit, daß sie nach einem Ersatze
für Wildhagen gesucht hätte. Er hatte niemand ver-
drängt, als Irene ihm gesagt hatte, sie liebe ihn;
und niemand erschien berufen, den Platz in ihrem
Leben einzunehmen, den er eine Zeit lang behauptet
hatte. — Der schöne Olivier, der sich seit Monaten
um die Gunst der Marquise bewarb, war die Ziel-
scheibe ihres Spottes, und die andern jungen Männer,
die, seitdem sie nicht mehr „auf dem Lande" war,
des Abends im Hotel Brô erschienen, wurden, wenn
auch vielleicht etwas anders, so doch nicht besser behandelt als Raynaud. Die schöne Marquise beachtete
sie nicht. Sie mußten sich damit begnügen, sie bewundern, anspruchslos anbeten zu dürfen. — Die
Prinzessin und Onkel Andreas sahen dem Treiben
mit vollkommener Gleichgültigkeit zu; für Blanche
schien es ein Gegenstand großer Erheiterung zu sein.
Ihre dreisten Blicke schweiften langsam über die
Gruppe der hoffnungslosen Anbeter Irenens, und es
lag in ihren großen, kalten Augen ein Ausdruck
triumphierenden Hohnes.

Wildhagen hatte gegen Blanche mit der Zeit eine
tiefe Abneigung gefaßt. Er war überzeugt, daß die
Holländerin systematisch daran gearbeitet hatte, ihn in
Irenens Geist zu verderben. Er hatte jedoch für diese
Ansicht keinen andern Anhaltspunkt, als daß Blanche
sich ihm gegenüber vom ersten Tage an unfreundlich
gezeigt hatte; sie erwiderte seinen Gruß kaum, der zu
Anfang höflich gewesen war, und sie sprach nicht mit
ihm. Nachdem dies von Günther einmal bemerkt
worden war, wozu es aber einiger Zeit bedurft, hatte
auch er seine Haltung gegenüber der unfreundlichen

schönen Person geändert. Er schloß sie, wenn es möglich war, in den allgemeinen Gruß ein, den er an die Gesellschaft richtete, wenn er im Empfangs-zimmer erschien, und er verzichtete auf jeden Versuch, sich ihr zu nähern. — Vor langer Zeit, als er noch in Irenens Gunst gestanden, hatte er diese einmal gefragt, ob er Fräulein van Naarden ohne sein Wissen gekränkt habe; er könne sich ihre Unfreundlichkeit ihm gegenüber nicht erklären. Irene hatte ihm damals, wie dies häufig ihre Art war, durch eine Frage ge-antwortet, die sie gewissermaßen zu dem angreifenden Teile machte.

„Ist dir denn so viel an Blanches Freundschaft gelegen?"

„Nicht das geringste."

„Nun, dann bekümmere dich doch nicht um sie."

Günther war seitdem nicht wieder auf den Gegen-stand zurückgekommen, aber er fing an zu begreifen, daß Wendt die schweigsame, große Person gehaßt und schließlich ihretwegen Irene verlassen hatte.

Günther hatte während des Winters eine Reise nach Deutschland gemacht und dort seinen Vater ge-sehen. Ein Trauerfall in Irenens Familie hatte diese veranlaßt, im Monat März mit ihrer Mutter, dem Prinzen Andreas und Fräulein van Naarden nach Rom abzureisen. Eine zeitweilige kurze Trennung zwischen Günther und ihr war dadurch unvermeidlich geworden. Irene empfand keinen Kummer darüber. Seit mehreren Wochen bereits langweilte sie der stille Wildhagen, und es war ihr ganz recht, sich auf einige Zeit von ihm zu trennen. Sie hatte ihn noch nicht verabschiedet; dazu war er ihr damals noch zu lieb; sie hörte ihn gern spielen, weil sein anspruchsloser Vortrag ihr gefiel; sie ritt lieber mit ihm als andern spazieren, weil er vornehmer zu Pferde aussah und

beſſer ritt als ihre übrigen Bekannten. Auch fand ſie
es noch ganz ergötzlich, ihn von Zeit zu Zeit zu ihren
Füßen zu ſehen, den ſtolzen, ſtarken Mann, den ihre
kleinen Hände wie einen willenloſen Sklaven leiteten.
Doch ſah ſie ihn ſchon damals nicht mehr ſo häufig
wie während der erſten Tage ihrer Liebe, und ihr
Boudoir war ihm nur noch bei ſeltenen Gelegenheiten
geöffnet. Günther empfand alles dies ſchmerzlich;
aber ſein Stolz, das einzige, das er gänzlich unver-
ſehrt aus dem Schiffbruch ſeines Glückes gerettet hatte,
verſchloß ſeinen Mund, und kein Wort der Klage kam
über ſeine Lippen. Der ſtumme Vorwurf jedoch,
den Irene in ſeinen Blicken las, genügte, um ſie zu
verdrießen.

„Du biſt ein guter Menſch,“ ſagte ſie, „aber
amüſant biſt du nicht, mein Lieber.“ — Sie hatte
ganz recht, er fühlte es; aber was konnte er tun, um
ihr Herz, das ſich langſam von ihm zurückzog, wieder-
zugewinnen? So wie er war, mit ſeiner großen,
ſtillen Liebe, ſo hatte er in vergangenen, ſchönen
Tagen Irenen gewonnen. Es war ihm unmöglich,
ſich anders zu geben, als er war.

Als Irene ihm mitteilte, daß ſie ihn auf einige
Wochen verlaſſen müſſe, zeigte ſich ſolche Beſtürzung
auf ſeinen Zügen, daß ſie, die an jenem Tage zufällig
wieder beſondres Gefallen an Wildhagen fand, ihm
ſagte:

„Ich würde dich gerne mitnehmen, mein armer
Günther, aber ich kenne dich, du würdeſt dich während
der ganzen Zeit unbehaglich fühlen. Alſo bleib nur
hier; ich komme bald zurück.“

Und Günther hatte nicht gebeten, ſich der Geſell-
ſchaft anſchließen zu dürfen. Zwar hatten weder die
Prinzeſſin noch Prinz Andreas ihm je ein unfreundliches Wort geſagt oder ſonſt ihr Benehmen ihm

gegenüber geändert, aber er war überzeugt, daß sie ihn nur ungern im Hotel Brô sahen und daß sie in seiner Gesellschaft während der Reise nach Italien eine störende Aufdringlichkeit erblickt haben würden. Die Stelle eines Geduldeten, die er nach seinem Empfinden im Hotel Brô einnahm, war ihm in hohem Maße peinlich, aber er hatte an derselben nichts zu ändern gewußt. Auf die Hoffnung, die Geliebte jemals als seine Frau heimzuführen, hatte er schon damals verzichtet. Alle Versuche, die er gemacht, sich mit Irenen über diesen Punkt auszusprechen, waren von ihr freundlich leichtfertig, aber immer so entschieden zurückgewiesen worden, daß er es nicht gewagt hatte, dieselben oftmals zu erneuern.

„Bist du nicht glücklich?"

„Ja . . . aber . . ."

„Laß das ‚aber'; du bist glücklich, das ist genug. Das Bessere ist der Feind des Guten!"

An demselben Tag, an dem Irene Paris verließ, reiste Günther nach Deutschland ab. Irene hatte versprochen, ihm zu schreiben und ihre Rückkehr nach Paris anzuzeigen. Er würde dann sofort zu ihr eilen; er durfte hoffen, sie nach vierzehn Tagen wiederzusehen. Sie küßte ihn zärtlich zum Abschiede.

„Behalte mich lieb," sagte sie.

„Ich behalte dich lieb. Vergiß du mich nur nicht!"

„Wie sollte ich dich vergessen," antwortete sie, „da ich doch sonst an niemand zu denken habe! Du kannst dich rühmen, bei mir in ein leeres Herz eingezogen und dort allein geblieben zu sein."

Das war ganz richtig.

Das Verhältnis zwischen Günther und seinem Vater war ein solches, daß der Sohn nicht darum zu sorgen brauchte, wie es ihm gelingen werde, den Vater vollständig wieder zu versöhnen. Es hatte den alten

Herrn von Wildhagen natürlich verdrossen, daß Günther nicht sofort nach seiner Rückkehr zu ihm geeilt war, und er hatte dies in seinen Briefen deutlich ausgesprochen; aber die Antworten seines Sohnes waren gleichzeitig so liebevoll und so traurig gewesen, der Vater war darin so inständigst gebeten worden, nicht zu zürnen, die verlängerte Abwesenheit des Sohnes Umständen zuzuschreiben, über die er später Aufklärung erhalten würde, und niemals an den unveränderlichen Gefühlen der Liebe und Verehrung zu zweifeln, die der Sohn für ihn hege — daß der alte Herr sich schließlich, wenn auch mit einigem Verdruß, beruhigt hatte.

„Jugend muß austoben," hatte er sich gesagt. — Das Wiedersehen zwischen Vater und Sohn war denn auch ein herzliches. Doch sagte der alte Baron sogleich, nachdem er Günther begrüßt hatte: „Du siehst nicht wohl aus. Du bist doch nicht krank?"

„Ich fühle mich ganz wohl, lieber Vater," antwortete Günther.

Nach dem Essen kam es zu einer Aufklärung, die Günther seinem Vater schuldete und die dieser von ihm erwartete. Günther sprach mit erkünstelter Leichtfertigkeit von den Verhältnissen, die ihn in Paris zurückhielten.

„Ich bin verliebt — so verliebt, wie man sein kann. Das ist der Anfang und das Ende der Geschichte, die ich zu erzählen habe, und ich bitte dich, es als Entschuldigung meines langen Verweilens in Paris gelten zu lassen."

„Das ist alles schön und gut," antwortete der Baron freundlich, „aber du darfst es mir nicht verargen, wenn ich dir sage, daß es mir nicht genügt. Etwas mehr möchte ich denn doch von dir erfahren. Wer ist die Geliebte? Ist sie jung, hübsch, aus guter Familie?"

„Sie ist eine junge, schöne, vornehme Frau."

„Eine Frau? — Günther, das macht mich sehr unglücklich."

„Sie ist eine Witwe."

„So, das ist etwas andres," sagte der Alte beruhigter. „Hast du dich ihr schon erklärt?"

„Ja."

„Und sie will nichts von dir wissen?"

„Nein, so liegen die Sachen nicht! Sie hat mich, so glaube ich, auch ganz gern; aber sie würde sich schwerlich entschließen, Paris zu verlassen; und ich kann doch nur eine Frau heiraten, die gewillt wäre, mit mir in Wildhagen zu leben."

„Selbstverständlich!"

Günther wollte weiteren Fragen aus dem Wege gehen, deren Beantwortung ihm peinlich gewesen wäre, und im Vertrauen auf die Liebe seines Vaters bat er diesen, nicht weiter in ihn zu dringen. Der alte Wildhagen dachte einen Augenblick nach, dann sagte er:

„Ich wäre unglücklich, wenn ich dir nicht vertrauen könnte. Du wirst nichts tun, was nicht ehrenhaft ist. Und damit will ich also die Sache ruhen lassen, bis du selbst den Zeitpunkt für gekommen erachtest, sie weiter mit mir zu besprechen."

Der alte Herr kam auch nicht wieder auf den Gegenstand zurück, obgleich derselbe seine Gedanken unausgesetzt beschäftigte und ihm große Sorge machte.

Günther fand auf seinem Schreibtisch eine erhebliche Anzahl alter Briefe aus Amerika. Nach den Poststempeln, die er aufmerksam untersuchte, waren sie alle im Monat Oktober zur Post gegeben worden. — Günther hatte Neuyork am dritten jenes Monats verlassen. Sein Brief vom sechzehnten, in dem er von Florence Abschied nahm, konnte in den letzten

Tagen desselben Monats in die Hände seiner ehemaligen Braut gelangt sein. Seitdem hatten die Briefsendungen aus Amerika aufgehört. — Der alte Wildhagen hatte seinem Sohne vor Monaten bereits nach Paris geschrieben, es seien Briefe aus Amerika für ihn eingetroffen, ob sie ihm nachgesandt werden sollten. Günther hatte gebeten, sie für ihn aufzuheben. Er hatte damals nicht den Mut, Briefe von Florence zu lesen. Sie konnten nur Liebesbeteurungen enthalten, die ihn in jenem Augenblicke mehr gepeinigt haben würden als die bittersten Vorwürfe. — Auch jetzt, in Wildhagen wagte er es nicht, jene Briefe zu öffnen. Er erkannte an der feinen, hübschen Handschrift auf der Mehrzahl der Adressen, daß alle jene Briefe, bis auf zwei, von Florence kamen. — Er packte sie sorgfältig zusammen und legte sie versiegelt mit der Aufschrift: „Nach meinem Tode ungelesen zu verbrennen," in eine verschließbare Schublade des Schreibtisches. — Die beiden andern Briefe kamen von Bella und Henry Conrey, deren Handschrift Günther ebenfalls bekannt war. Beide waren vom sechzehnten Oktober aus Niagara datiert. Sie konnten auch nur Freundschaftsversicherungen enthalten, deren Wildhagen sich unwürdig fühlte. Er legte die beiden Briefe zu denen von Florence.

Es war Günther zu Mut, als käme er von dem Begräbnis eines geliebten Freundes, als er, nachdem er die Briefe eingeschlossen hatte, das Zimmer verließ. Unwillkürlich fielen ihm die Worte eines amerikanischen Liedes ein, das Florence ihm einmal mit ihrer klaren, reinen Mädchenstimme vorgesungen hatte: „I shall never see my darling any more!" — „Ich werde meinen Liebling, meine liebe, arme, kleine Floï, nie, niemals wiedersehen!"

Erst nach vierzehntägigem Aufenthalt in Wildhagen

erhielt Günther einen Brief von Irenen. Sie hatte
eine ungewöhnlich große und feste Handschrift, beinahe
wie die eines Mannes. Der Brief war kurz und
augenscheinlich in Haft aufs Papier geworfen. Er
enthielt die Anzeige, daß Irene später, als sie beabsichtigt hatte, nach Paris zurückkehren werde. Ihre
Mutter könnte sich nicht von ihren Verwandten trennen,
die sie seit mehreren Jahren nicht gesehen hätte, und
Irene dürfte die Prinzessin nicht allein lassen. Der
Brief war im trockenen Stil eines geschäftlichen
Schriftstücks gehalten. Nur in der letzten Zeile fand
Günther einen zärtlichen Gruß: „Ich liebe und um-
arme Dich! Auf Wiedersehen! Schreib' mir! Deine
Irene."

Aber sie gab ihm keine Adresse an. Der Brief
machte Günther sehr unglücklich.

Günthers Beziehungen zu Dessieux hatten beinahe
gänzlich aufgehört. Der kleine Franzose mißbilligte
Wildhagens Beziehungen zur Marquise; er hatte ihm
dies offen gesagt. Günther hatte nichts darauf zu
antworten gewußt, aber Dessieux nicht die Berech-
tigung zuerkennen wollen, ihm Vorwürfe zu machen,
und sich diese schließlich ziemlich trocken verbeten.
Seitdem hatten sich die beiden nur noch selten wiedergesehen. Dessieux vermied das Hotel Brô, und andern-
orts war Wildhagen nicht anzutreffen. Günther
schrieb deshalb an seine liebenswürdige Wirtin, Frau
Braçon, und bat diese, sich regelmäßig und in kurzen
Zwischenräumen zu erkundigen, wann die Marquise
Brô nach Paris zurückkehren werde. Unmittelbar nach
der Ankunft möchte Frau Braçon ihm telegraphieren.
Er erhielt darauf mit umgehender Post in der charak-
teristischen, langen, schrägen Handschrift der Pariser
„dame de comptoir" einen Brief ohne orthographische
Fehler, in dem Madame Braçon dem Herrn Baron

von Wildhagen mitteilte, sie werde den Auftrag, den der Herr Baron ihr erteilt habe, gewissenhaft ausführen und nicht verfehlen, ihm rechtzeitig die gewünschte Mitteilung zuzustellen; sie werde auch die alte Wohnung des Herrn Baron für diesen bereit halten, und sie ergreife diese Gelegenheit, um sich ihm ganz ergebenst zu empfehlen.

Darauf wartete Günther lange vier Wochen, ohne ein Wort von Frau Braçon, ohne ein Lebenszeichen von Irenen zu empfangen. Während dieser Zeit verließ er Wildhagen nicht, obgleich sein Vater ihn wiederholt aufforderte, sich auf einige Tage nach Berlin zu begeben, um dort seine alten Freunde und Kameraden wiederzusehen und einer der großen Festlichkeiten in der Hauptstadt beizuwohnen. Der Hang zur Einsamkeit, den sein Sohn bekundete, verursachte dem alten Wildhagen Kummer und Sorge, aber er hatte diesem versprochen, ihn nicht mehr mit Fragen über die Ursache seiner Verstimmung zu quälen, und dieses Versprechen, wie jedes andre, das er je gegeben hatte, war ihm heilig.

Gegen Mitte Mai endlich traf die sehnlichst erwartete Depesche von Frau Braçon ein: „Die Frau Marquise ist gestern abend nach Paris zurückgekehrt." — Unmittelbar nach Empfang dieser Mitteilung reiste Günther nach Frankreich ab. Der alte Wildhagen war seit Wochen darauf vorbereitet, daß sein Sohn plötzlich durch ein Telegramm nach Paris abberufen werden würde, und ließ die Abreise ruhig geschehen. Im letzten Augenblick, als die beiden voneinander Abschied nahmen, sagte der Vater:

„Wann wirst du zurückkommen?"

Günther, der vorausgesehen hatte, daß diese Frage an ihn gerichtet werden würde, antwortete:

„Gib mir drei Monate Zeit! Dann, was immer

auch geschehen sein möge, verspreche ich dir, zu dir zurückzukehren."

„Drei Monate ist eine lange Frist," antwortete der Baron traurig und niedergeschlagen, denn er hatte nicht gefürchtet, daß sein Sohn so viel von ihm verlangen werde. „Ich entbehre dich schmerzlich, wenn du nicht hier bist; ich bin ein alter Mann und habe nicht mehr über lange Zeit zu verfügen. Aber es sei, wie du es verlangst. Gehab dich wohl! Ich rechne darauf, dich spätestens in drei Monaten wiederzusehen."

Irene war wie umgewandelt, als Günther sie nach seiner Rückkehr endlich begrüßen konnte. Er war unmittelbar nach seiner Ankunft in Paris, gegen Mittag zu ihr geeilt, aber der Portier mit dem mürrischen, undurchdringlichen Gesichte hatte ihm gesagt, die Frau Marquise sei noch von der Reise ermüdet und habe befohlen, erst am Abend zu empfangen. — Günther hatte Zeit gehabt, sich mit den Gewohnheiten des Hotel Brô bekannt zu machen, und wußte, daß wenn ihm dieser Bescheid gegeben wurde, er auch für ihn bestimmt war. Er machte nicht den Versuch, sich der Marquise gegen ihren Willen zu nähern, und erschien erst zu der ihm erlaubten Stunde, um neun Uhr abends, im Hotel Brô. — Das Empfangszimmer war noch leer. Die erste Person, die nach geraumer Weile dort erschien, war Blanche. Sie nickte Günther mit einem eigentümlichen Lächeln zu und fragte, ob ihm Deutschland nicht gefallen hätte, da er so schnell nach Paris zurückgekehrt sei. Es war das erstemal, daß sie ihn anredete, und was sie sagte, klang wie eine Unfreundlichkeit. Aber Günther war nicht aufgelegt, dies zu bemerken oder zurückzuweisen.

Bald darauf trat Raynaud in den Salon und sodann d'Estompières und seine schöne junge Frau; später auch Prinz Andreas, die Prinzessin, Neubauer

162

und Josephine. Irene zeigte sich erst gegen zehn Uhr. Günther schlug das Herz bei ihrem Anblick, und er fühlte, daß er erbleichte. Sie hatte für ihn nichts weiter als das kalte, kurze Kopfnicken, mit dem sich auch Raynaud und alle andern Anwesenden begnügen mußten. Sie ließ sich auf ihren kleinen Stuhl nieder und beschied sogleich Neubauer zu sich, mit dem sie angelegentlich mit halblauter Stimme sprach. Aus einigen Worten, die an Günthers Ohr drangen, schloß er, daß es sich zwischen beiden um geschäftliche Auseinandersetzungen handelte. — Er war ganz verwirrt. Was war denn geschehen? War es möglich, daß Irene, die ihn beim Abschiede vor sechs Wochen zärtlich umarmt, die ihm vor vier Wochen noch geschrieben hatte: „Ich liebe dich!" ihn jetzt nicht mehr kennen wollte? Oder legte sie sich in Gegenwart ihrer jüngeren Schwestern und ihrer Schwäger einen Zwang auf? — Das wäre nicht ihre Art gewesen! Aber was war denn vorgefallen? — Endlich gelang es ihm, sich ihr zu nähern, sich an ihrer Seite niederzulassen. Er wußte nicht, wie er beginnen sollte, und saß stumm und verlegen da.

„Ist das alles, was Sie mir zu sagen haben?" sagte sie kalt und gleichgültig.

„Aber um Gottes willen, was ist denn geschehen?" fragte er bestürzt.

„Gar nichts, mein Lieber! Ich verstehe Sie nicht."

Sie wandte sich von ihm ab mit einer Miene, die deutlich sagte, daß sie sich durch sein Benehmen verletzt fühlte und die Unterhaltung mit ihm nicht weiter fortzusetzen wünschte. Er erhob sich langsam, ein gebrochener Mann. Alles drehte sich vor seinen Augen. — Wenn er nur nicht schwach wurde! — Es gelang ihm, das dunkle Musikzimmer zu erreichen. Dort sank er auf einen Stuhl nieder und blieb mehrere

Minuten wie betäubt sitzen. Dann stand er schwerfällig auf und schlich sich, ohne das Empfangszimmer wieder betreten zu haben, aus dem Hotel Brô nach seiner Wohnung.

Es war noch nicht spät, und Madame Braçon saß in tadellosem, einfachem, dunkelm Anzug in dem Zimmer, wo Günther den Schlüssel zu seiner Wohnung abzuholen hatte. Sie begrüßte ihren geehrten Gast mit üblicher Höflichkeit. Als er, den altbürgerlichen Gewohnheiten des Gasthofes entsprechend, das angezündete Licht, das Madame Braçon ihm gereicht, mit einem leisen: „Danke!" in die Hand genommen hatte, bemerkte die Wirtin, daß diese Hand zitterte; und als sie darauf seine verstörten Gesichtszüge betrachtete, wurde ihr klar, daß dem Herrn Baron etwas zugestoßen sein müsse.

„Soll ich Ihnen eine Tasse Tee machen?" fragte sie teilnehmend. „Sie sehen etwas angegriffen aus."

„Danke!" wiederholte er leise.

Nachdem er sich entfernt hatte, rief Frau Braçon den vielbeschäftigten Hausdiener Kasimir.

„Es kommt mir vor, als ob der Herr Baron leidend wäre," sagte sie. „Es ist besser, daß Sie heute nacht hier in der ‚Loge' schlafen, damit Sie ihn hören können, falls er klingeln sollte."

Kasimir, der den freigebigen Baron hoch verehrte und wohl wußte, daß dieser ihn für außerordentliche Dienstleistungen außerordentlich bezahlen würde, zeigte sich ohne Murren bereit, dem ihm erteilten Befehle zu folgen. — Aber seine Nachtruhe wurde nicht gestört.

*

Seit diesem Abend waren beinahe zwei Monate vergangen. Es waren für Günther die traurigsten Monate seines Lebens gewesen. Irene hatte jedes Alleinsein mit ihm in kalter, rücksichtsloser Weise zu

vermeiden gewußt. Ihre eignen, im obern Stockwerk
gelegenen Gemächer, in denen sie Günther während
der ersten Zeit nach seiner Rückkehr täglich empfangen
hatte, waren ihm nun ebenso verschlossen wie jedem
andern der Gäste des Hotel Brô. Auch das Gartenhaus hatte er nicht wieder betreten dürfen; und selbst
in dem allgemeinen Empfangszimmer, wo sie sich
seiner Gegenwart nicht ganz entziehen konnte, wenn
sie ihm nicht geradezu die Tür verbieten wollte, hatte
sie einen jeden seiner Versuche, sich mit ihr zu unterhalten, abgewiesen. Seine Bemühungen nach dieser
Richtung hin waren bald erlahmt. Es fehlte ihm
nicht an Beharrlichkeit, dieselben fortzusetzen, aber
sein Stolz machte es ihm unmöglich, seine Gegenwart der noch immer Geliebten aufzudrängen. Seine
Besuche im Hotel Brô wurden seltener und kürzer.
Niemand schien dies zu bemerken. Am wenigsten
Irene selbst. Eine Frage wegen seines Ausbleibens,
ein Wort des Vorwurfs würde ihn erfreut haben.
Aber in ihren Augen, wenn sie den seinigen beim
Eintritt in den Salon begegneten, lag der kalte,
müde Gruß, der auch Raynaud und die andern
willkommen hieß und der Günther bitterer als in
Worten sagte: „Du magst kommen oder gehen; mir
ist es gleichgültig."

Günther hatte sich verschiedene Male vorgenommen,
an Irenen zu schreiben. Er hatte auch manche Briefe
an sie aufgesetzt, in denen er ihr sein Leid klagte
und sie um Aufklärung bat; aber er hatte keines
dieser Schriftstücke abgesandt. „Wozu? Sie würde
mir einfach nicht antworten." — Er hatte ernstlich
erwogen, ob er Paris verlassen, den namenlosen
Kränkungen, die ihm dort durch Irenens Lieblosigkeit
zugefügt waren, ein Ende machen sollte. Aber er
war geblieben, nicht in der Hoffnung, seine Lage, die

ihm verzweifelt erschien, zu verbessern, sondern einfach aus Unlust zu irgendeiner entschlossenen Tat. Er hatte seinem Vater versprochen, in drei Monaten nach Deutschland zurückzukehren. Er würde sein Wort halten. Einstweilen war die Frist, die ihm sein Vater gewährt hatte, noch nicht abgelaufen.

Eines Tages, zu Anfang des Monats Juli, erschien der Diener der Marquise bei Wildhagen mit der mündlichen Bestellung von seiner Herrin, wenn es dem Herrn Baron gefällig sei, mit der Frau Marquise auszureiten, so möge er sie in ihrem Hotel abholen; sie würde ihn um vier Uhr erwarten. — Wildhagen antwortete ohne Nachdenken, er würde die Ehre haben. — Und erst als der Diener mit dem Bescheide gegangen war, lächelte er bitter vor sich hin: „Sie verstößt mich, und ich schleiche davon; sie ruft mich, und ich eile zu ihr. Es ist eine Schmach! Ich sollte ihr nicht gehorchen." — Aber er gehorchte natürlich.

Die beiden Pferde standen gesattelt im Hofe, als Günther mit dem Glockenschlage vier im Hotel Brô anlangte; und gleich darauf erschien Irene. Sie nickte Wildhagen, den sie seit drei Tagen nicht gesehen hatte, herzlich zu, als seien sie noch immer die besten Freunde, und ließ sich von ihm in den Sattel heben. Vor der Tür bog sie anstatt nach den Champs Elysées nach den äußern Boulevards hin ab.

„Im Bois de Boulogne finden wir heute zahlreiche Gesellschaft; ich denke, wir könnten dem Bois de Vincennes einmal einen Besuch abstatten."

Sie ritten stumm nebeneinander her. Sobald sie die gepflasterten Straßen verlassen hatten und auf dem Boulevard de Courcelles angelangt waren, wurden die Pferde in langen Trab gesetzt und in dieser Gangart bis zur Barrière du Trône gehalten. Während dieser ganzen Zeit machte Irene nur eine Bemerkung.

„Wenn Onkel Andreas jähe, daß wir die Pferde auf dem harten Makadam scharf traben lassen, so würde er böse werden... aber er sieht uns nicht." Sie machte eine kleine Pause, und dann fügte sie hinzu: „Kein Mensch soll uns heute sehen."

Im Bois de Vincennes empfing die beiden köstlicher Schatten. Als die Pferde dort in Schritt gesetzt waren, wandte sich Irene zu Günther und blickte ihn lange an. Er war nicht mehr der sonnenverbrannte, lebens=frische junge Mann, auf dem ihre Augen bei ihrem ersten gemeinschaftlichen Ritte mit so großem Wohl=gefallen geruht hatten. Die Stubenluft hatte sein Antlitz gebleicht, und der Gram der letzten Monate an ihm gezehrt. Seine Wangen waren eingefallen, und seine großen grauen Augen, in ihre Höhlen zurück=getreten, blickten ernst und matt.

„Sind Sie müde?" fragte Irene.

Er schüttelte das Haupt.

„Günther, sieh mich an! Hast du mich noch ein bißchen lieb? — Ich bin wohl recht schlecht mit dir umgegangen? Sei mir nicht böse! Gib mir deine gute Hand!"

Seine Augen funkelten zornig. Er ballte die Rechte zur Faust und hielt sie zurück.

Sie fuhr ruhig, einschmeichelnd fort:

„Ich sehe, du zürnst mir; aber hast du ein Recht dazu? Denke etwas nach. Was habe ich begangen? Habe ich dich verraten? Habe ich dir nicht mehr ge=schenkt, als du von mir erwarten durftest? — Ich habe dich nie ganz verstanden; einiges an dir ist mir immer fremd geblieben; aber andres habe ich richtig erkannt: du hättest gewünscht, eine ehrbare Baronin Wildhagen aus mir zu machen. — Ich bin mir klar darüber geworden, daß dies nicht anginge, und zu deinem und meinem Glück habe ich den Mut gehabt, danach zu handeln. Wäre ich deine Frau geworden und mit dir nach Deutschland gezogen, so würde ich unglücklich geworden sein und dich unglücklich gemacht haben. Du kennst mich nicht, wie ich mich kenne. Deine Liebe hat mich sehr glücklich gemacht; aber alles — meine Mutter, meine Schwestern, meine Freunde, mein ganzes Leben in Paris — hätte sie mir nicht ersetzen können. Ich wäre in deinem kalten Lande, an deinem grauen Meer, in deinen dunkeln Wäldern gestorben. — Meine Liebe zu dir erfüllt mich nicht ganz. Ich gestehe es. Es mag dir wie ein Fehler erscheinen; aber kann ich etwas dafür, habe ich es dir versprochen, bin ich etwa falsch, unehrlich gewesen? Nein, Günther! Es gibt keine aufrichtigere Frau, als ich es bin. Aufrichtig habe ich dich geliebt — so, wie ich lieben kann. Und so liebe ich dich noch. Ich habe nicht geheuchelt, ich habe nicht mehr versprochen, als ich halten konnte. Das ist meine einzige Sünde dir gegenüber. Deshalb darfst du mir nicht zürnen. — Als wir voneinander getrennt waren, habe ich über unsre Beziehungen nachgedacht, und nachdem ich erkannt, daß ich dir niemals das sein könnte, was du wünschtest, da habe ich geglaubt, es sei ehrlich und rechtschaffen von mir, wenn ich es dir sagte — nicht in Worten, die nichts bedeuten, sondern in Taten. Ich habe mich von dir abgewandt, aber ich habe nicht aufgehört, dich liebzuhaben ... nach meiner Art, und dein Gram hat mich gequält und auch wieder erfreut, weil er mir deine Liebe zeigte. — Das habe ich dir sagen wollen, und deshalb habe ich dich gebeten, mich heute zu begleiten. Laß uns gute Freunde bleiben, Günther, laß uns so glücklich sein, wie wir es sein können. So wie du es wünschest, kann es nicht sein. Ich habe dir schon einmal gesagt, du bist in ein leeres Herz eingezogen, als ich dich liebgewann; und ich sage dir jetzt, du bist noch heute allein darin. Sei mit dem Platze zufrieden; behalte mich lieb. — Günther, mein Leben, meine Liebe!"

Sie hatte ohne jede Erregung gesprochen, aber es klang wie der schlichte Ausdruck aufrichtiger Gefühle. — Er war sprachlos. Er empfand die erdrückende Überlegenheit, die ihre Herzlosigkeit ihr gab; und seine Liebe dieser gegenüber hatte für ihn etwas Beschämendes. — Das, was sie ihm bot, das wollte er nicht, und wenn er auch alles, was sie ihm noch war, verlieren sollte. Er sammelte sich mühsam; dann sprach er, zunächst stammelnd und verlegen, nach Ausdrücken suchend, zuletzt in schnellen, leidenschaftlichen Worten. Er klagte sie an, grausam an ihm gehandelt, ihn unglücklich gemacht zu haben. Sie spreche jetzt von kühlen Erwägungen über sein und ihr Glück. Sie habe nichts erwogen! Sie irre sich oder sie täusche ihn! Sie sei einer leichtfertigen Laune gefolgt, als sie sich ihm zugewandt, einer Laune, als sie ihn von sich gewiesen habe. Sein Glück oder Unglück wiege ihr federleicht. Sie lebe nur ihrer eignen Lust. Sie sage, sie habe ihm nichts versprochen, was sie nicht gehalten hätte, sie habe ihm mehr geschenkt, als er erwarten durfte. Das sei unwahr! Ein jeder ihrer Blicke sei ihm ein Versprechen ihrer Liebe gewesen, dem er geglaubt, dem er alles geopfert habe. Und nun rühme sie sich, sie sei aufrichtig und ehrlich — nein, falsch und treulos sei sie gewesen!

„Wir haben alle unsre kleinen Fehler," warf sie dazwischen.

Er verstand, was sie sagen wollte. War er nicht auch falsch und treulos gewesen? Aber der Vorwurf ergrimmte ihn noch mehr. Irene war die einzige, die nicht das Recht hatte, ihm seine Untreue gegen Florence vorzuwerfen.

„Ich verwünsche die Stunde," sagte er finster und langsam, „da ich Sie wiedergesehen, da Sie sich dunkel zwischen mich und mein helles Glück gestellt haben."

Sie sah ihn von der Seite an, weder betroffen noch wie jemand, der Verdruß oder Reue empfindet — nein, ganz ruhig, ungerührt, ja sogar eher freundlich als erzürnt. Ohne ein Wort zu sagen, gab sie ihrem Pferde einen Schlag mit der Gerte. Das edle, empfindliche Tier, so unfreundlich zur Handlung gerufen, machte einen kurzen, heftigen Satz, der einer minder geübten Reiterin den Sitz gekostet haben würde, und flog dann in wildem Galopp mit seiner leichten Last dahin. Günther folgte Irenen, ohne zu versuchen, sie zu überholen, denn es kam seinem geübten Reiterauge vor, als ob sie das Pferd in dem Augenblick nicht ganz in ihrer Gewalt hätte, und er wollte Irenen, deren Tüchtigkeit als Reiterin er erprobt hatte, Zeit geben, das Pferd zu besänftigen. Es lag in der Tat schwerer als gewöhnlich in ihrer geschmeidigen Hand, aber sie streichelte seinen schlanken Hals und es beruhigte sich schnell. Als Günther dies erkannte, setzte er sein Pferd zur Seite des Irenens, und die beiden jagten nun eine Weile in langem Galopp durch die schönen Reitwege des Bois de Vincennes. — Sie waren an einem ganz entlegenen, verödeten Teile desselben angelangt. Da machte Irene plötzlich halt. Günther tat ein Gleiches. Sie wandte ihr Pferd und ritt einige Schritte zurück, während ihre Augen suchend über den Boden schweiften.

„Ach, bitte!" sagte sie, mit dem Finger auf die Reitgerte deutend, die ihrer Hand entfallen war und wenige Schritte vor ihm mitten auf dem Wege lag. Günther stieg langsam ab, hob die Gerte auf, brachte und überreichte sie ihr. Sie ergriff seine Hand und hielt sie fest, und er hatte nicht die Kraft, sie zurückzuziehen.

„Günther, sieh mich an," sagte sie leise.

Er hob die Augen und sah in das bleiche, schöne, stille Antlitz. Sie beugte sich zu ihm herab und er fühlte ihren Atem auf seiner Stirn und seinen Wangen.

„Günther, hast du mich noch ein bißchen lieb? Sprich! Ich will jetzt tun, was dir gefällt! Ich will dich nicht wieder quälen." Und zum erstenmal seit langen, schrecklichen Monaten empfand er wieder den berauschenden Duft ihres Kusses. Aber nicht eine Sekunde war er froh. Er zürnte ihr und sich selbst mehr als je.

„Kann dich meine Liebe nicht mehr glücklich machen?" fragte sie traurig.

Er blickte mit weit geöffneten Augen verwirrt um sich. „Du hast mich unglücklich gemacht," brachte er mühsam hervor, „Gott vergebe es dir!"

„Und du willst es mir nicht vergeben?"

„Ich bin unglücklich," sagte er, „unbeschreiblich unglücklich."

„Vergib mir, mein Leben; ich wußte nicht, was ich tat."

Es klang so sanft, so mild, so schön, es drang wie ein süßes Gift in sein ganzes Wesen und machte ihn alles vergessen. Er nahm ihre Hand und führte sie an seine Lippen und dann schlang er seinen Arm um ihren Nacken und küßte sie. Sie hatte die Augen geschlossen und atmete tief und ruhig wie eine Schlummernde. — Da hörten sie durch den stillen Wald Menschenstimmen. Sie waren noch fern, aber sie näherten sich. Günther schwang sich schnell auf sein Pferd, und die beiden ritten weiter, er verstörten Blickes, sie marmorbleich, schön und kalt. Nach einer Weile kamen ihnen vier Soldaten entgegen, unter=setzte, sonnenverbrannte, leichtfüßige Männer in der Uniform der Jäger aus der benachbarten Garnison von Vincennes. Sie trugen ihre großen Tornister und schweren Büchsen elastischen, schwingenden Schrittes und schienen der Hitze des Tages nicht zu achten. Vor den beiden teilten sie sich und gingen je zwei auf den Seiten des schmalen Reitweges.

„Ein hübsches Pärchen," sagte der eine, als sie vorüber waren. „Schöne Pferde, reiche Leute, glückliche Menschen!"

„Ach was!" meinte sein Nebenmann. „Glücklich? Die Frau sah elend und traurig aus. Die werden auch ein jeder sein Päckchen zu tragen haben, nicht leichter als mein Tornister."

Es kam an jenem Nachmittage nicht mehr zu weiteren Auseinandersetzungen zwischen Irenen und Günther. Irene wünschte solche gar nicht. Sie war eine Frau von wenig Worten, und der Grund der Dinge kümmerte sie nicht, solange auf der Oberfläche alles so vorging, wie es ihr gefiel. — Günther war sich bewußt, elend schwach gewesen zu sein. Aber das war seine Schuld. Seine Vorwürfe würden sie nicht berührt, sie würde dazu gelächelt und ihm den Mund mit einem Kusse geschlossen haben. — Nicht einen Augenblick gab er sich der Hoffnung hin, daß noch einmal alles gut werden könnte. Irene würde ihn wieder verlassen, wie sie es schon einmal getan hatte. Er wußte es. Doch hatte er nicht die Kraft, sich von ihr loszureißen.

Die nächsten Tage glichen denen, die er mit Irenen verlebt hatte, als sie seine Liebe zu erwidern schien. Aber Günthers Vertrauen zu seinem Glück war zerstört. Finster, in sich gekehrt, war er an ihrer Seite. Sie wollte es nicht sehen, sonst hätte es ihr nicht entgehen können, und sie erwartete ihn mit offenen Armen, Willkommen auf den Lippen und in den Augen, wenn er sich ihr näherte. Sie fragte ihn:

„Haft du mich wieder lieb ... wie früher?" Und sein stummer Kuß war ihr eine Antwort, die sie befriedigte. Er aber wagte nicht, nach ihrer Liebe zu forschen. Er nahm, was sie ihm bot, zu schwach, um es abzuweisen; und sich seiner Ohnmacht bewußt, es zurückzuerobern, wenn es ihm wiederum genommen werden sollte. Er empfing ein Almosen, das ihn schmerzte und doch zu seinem Leben notwendig war. Er fühlte sich noch elender als zur Zeit, da sie ihn gänzlich vernachlässigt hatte. Schmerzlich empfand er die Nichtachtung, die darin lag, daß sie ihn, je nach ihrer Laune, rief und dann wieder von sich stieß. Er fand nicht die Kraft, ihrem Ruf zu widerstehen, aber er folgte ihm widerstrebend, Bitterkeit im Herzen, ohne des Glückes, das sie ihm bot, froh zu werden.

Um diese Zeit wurde es unruhig in der Welt. Das Geräusch drang nur dumpf an Günthers Ohren, der in beinahe vollständiger Abgeschlossenheit vom äußeren Verkehr lebte. Er war nicht berufen, tätig in denselben einzugreifen, und als müßiger Zuschauer boten ihm die Tagesereignisse, deren Tragweite er nicht erkannte und unterschätzte, kein besonderes Interesse. Die Möglichkeit eines kriegerischen Zusammenstoßes zwischen Deutschland und Frankreich zog er nicht in Erwägung. Der Gedanke an ein solches Vorkommnis lag ihm fern nach langer Abwesenheit von der Heimat und Unterbrechung des Verkehrs mit andern Deutschen, die besser als er in der Lage waren, den Strömungen des öffentlichen Lebens zu folgen und deren Richtung zu erkennen. Der Salon der Marquise, der einzige, in dem Günther verkehrte, war vollkommen unpolitisch. Die italienischen Insassen des Hotel Brô kümmerten sich überhaupt nicht um allgemeine Fragen; Irene namentlich beobachtete denselben gegenüber

aufrichtige und vollkommene Gleichgültigkeit. Die
schlechte Aufführung einer großen Sinfonie berührte
sie unangenehmer als die Geschichte der Leiden eines
unterdrückten Volkes; und ein gut gemaltes Schlachten-
bild fesselte ihre Aufmerksamkeit mehr als der Aus-
gang einer entscheidenden Schlacht. Ihre Welt war
„sie allein" und was sie unmittelbar berührte. Alles,
was außerhalb dieses engen Kreises lag, kümmerte
sie nicht.

Günther war deshalb auch vollständig überrascht,
als er eines Morgens einen Brief von seinem Vater
erhielt, in dem dieser ihn aufforderte, ohne Säumen
Paris zu verlassen und sich nach Berlin zu begeben.

„Du bist schon im Jahre 1866 etwas spät gekommen," schrieb der Vater, „und diesmal liegen die
Sachen noch ernster als damals. Der Gedanke ist
mir peinlich, daß du aus Paris zu den Fahnen gerufen würdest, um gegen die Franzosen ins Feld zu
ziehen. Der Krieg mit Frankreich ist noch nicht sicher;
ich halte ihn jedoch für wahrscheinlich; aber schon auf
die entfernte Möglichkeit eines solchen Ereignisses hin
ist es deine Pflicht, dich bereit zu machen, beim ersten
Rufe zur Verfügung deines Landesherrn zu stehen.
Ich bitte dich, mir die Stunde deiner Ankunft in
Berlin telegraphisch mitzuteilen. Ich werde dich am
Bahnhofe erwarten."

Der Brief war nicht in so freundlichem Tone geschrieben, wie ihn der alte Baron seinem Sohne
gegenüber gewöhnlich annahm. Günther empfand
es nicht. Er verstand nur, daß er abreisen müsse,
sofort, ohne den geringsten Zeitverlust . . . und dies
erfreute ihn. Der Gedanke der Trennung von Irene
verursachte ihm keinen Schmerz. Er hatte nicht die
Kraft gehabt, sich aus eignem Antriebe von ihr loszureißen; aber jetzt, da ihm die Pflicht gebot, zu

gehen, empfand er dies wie eine Befreiung aus schmählicher Gefangenschaft. Mit einem geistigen Wohlbehagen, wie er es seit langer Zeit nicht gefühlt hatte, vollendete er die Vorbereitung zu seiner Abreise, und dann begab er sich zu Irenen, leichten Schrittes, Triumph im Herzen. Es war nur in geringem Maße sein Verdienst, daß er ihr gegenüber endlich wie ein Mann auftreten würde; aber der Gedanke schon, daß er es war, der sich ihr entzog, daß er nicht abwarten würde, wieder von ihr verstoßen zu werden, wie dies unvermeidlich früher oder später geschehen sein würde, genügte, ihn mit freudigem Stolz zu erfüllen.

„Die Frau Marquise ist im Pavillon," beschied ihn der Diener, als er in das Hotel Brô getreten war.

Er eilte die Treppe hinunter in den Garten, durchschritt die Lindenallee und war in wenigen Minuten vor dem Pavillon. Die Tür war geschlossen. Er klopfte.

„Wer ist da?"

„Ich bin es."

„Komm herein!"

Er trat in das kleine, kühle, halbdunkle Gemach. Irene in leichtem lichtem Gewande, das weiße Gesicht von dichtem, schwarzem Haar umrahmt, das aufgelöst bis weit über den schlanken Gürtel herabfiel, erhob sich langsam von dem niedrigen Sessel, auf dem sie geruht hatte, und in herrlicher Schönheit stand sie, seinen Kuß erwartend, vor ihm.

„Wie freue ich mich, daß du gekommen bist. Ich sehnte mich nach dir."

Er aber sank nicht in ihre Arme, sondern blieb einen Schritt vor ihr ruhig stehen. Sie wußte sofort, daß er kam, um von ihr Abschied zu nehmen.

Eine plötzliche Veränderung ging mit ihr vor. Sie

175

ließ die Arme sinken, richtete sich hoch auf und, den
Kopf zurückgeworfen, die feinen, geraden Augen-
brauen zusammengezogen, maß sie ihn mit zornigem
Erstaunen.

„Nun?" fragte sie gedehnt.

Aber sie hatte jede Gewalt über ihn verloren.
Nichts, was von ihr kam, konnte ihn in jenem
Augenblicke berühren. Der freudige Stolz, sich frei
zu wissen, frei von Schwäche, von Schmach und
Kränkungen, erfüllte sein ganzes Wesen. Seine
Augen, die seit Monaten matt und müde geblickt
hatten, leuchteten in frischem Glanze. Er erzählte,
was ihm geschehen war und was er tun werde, von
dem Briefe seines Vaters, von seiner nahe bevorstehenden Abreise.

Sie hörte ihm schweigend zu. Ihr Stolz litt;
ihr Herz blieb unberührt. Daß Günther aus ihrem
Gesichtskreise verschwinden werde, war ihr gleichgültig.
Sie selbst hätte ihn ohne einen Schatten von Bedauern in den nächsten Tagen, vielleicht morgen,
entlassen, verbannt. Aber daß er zum zweitenmal
sich gegen ihren Willen, ohne ihre Erlaubnis der
Sphäre ihrer Macht zu entziehen wagte, das war ein
Frevel an ihrer Schönheit, für den er büßen sollte.
Sie wollte ihn kränken, so empfindlich wie sie ihn
überhaupt kränken konnte. Als er das erstemal von
ihr gegangen war, da hatte ihr sein tiefes Seelen-
leiden ob dieser Trennung eine gewisse Genugtuung
gewährt. Günther war damals der Pflicht, die ihn
von ihrer Seite rief, gefolgt — aber mit blutendem
Herzen. Wie ein Geschlagener war er davongeschlichen,
und inbrünstig war sein Flehen um ihre Verzeihung
gewesen. Sein Schmerz hatte ihren beleidigten Stolz
gerächt. — Jetzt stand er triumphierend vor ihr! Er
wähnte vielleicht, daß er sie quälen könnte, wie sie

ihn gemartert hatte! Der eitle Tor! Möglicherweise
erwartete er Vorwürfe von ihr zu hören. Er kannte
sie nicht! Er sollte etwas mehr von ihr kennen
lernen. Ihre Züge glätteten sich. Lächelnd, mit jenem
Lächeln sicherer Überlegenheit, das Günther so oft
und so schmerzlich verletzt hatte, reichte sie ihm die
Hand zum Kusse.

„Glückliche Reise, mein Lieber, und viel Vergnügen.
Vielleicht auf Wiedersehen in Berlin!"

„Nach Berlin!" wurde damals auf den Boulevards
und in den Cafés gesungen. Es war ein „Es-
komptieren" des französischen Sieges über Deutschland. Aber Günther fühlte sich dadurch nicht getroffen.
Irenens Hohn konnte ihn nicht mehr verletzen, nachdem ihre Liebe aufgehört hatte, ihn zu beglücken.
Ohne ein Wort der Erwiderung berührte er ihre Hand
mit den Lippen, verbeugte sich tief ... und war verschwunden.

Sie näherte sich dem Vorhang, schob denselben
etwas beiseite und blickte Wildhagen nach. Er eilte
elastischen Schrittes die Lindenallee hinunter. Sie
biß die kleinen, scharfen Zähne fest zusammen: „Auf
Wiedersehen, mein Lieber!"

*

Lange Jahre waren seitdem vergangen. Günther
hatte Irenen nicht wiedergesehen. Sie war nicht
nach Berlin gekommen, wie sie ihm höhnend versprochen hatte, und er nicht nach Paris zurückgekehrt,
wo sein Glück zu Grunde gegangen war. — Nach
dem Feldzuge, dem er als kaltblütiger, tapferer Soldat
beigewohnt hatte und aus dem er unversehrt heimgekehrt war, hatte er sich nach Wildhagen zurückgezogen. Der Kampf um die höchsten Güter seines
Vaterlandes hatte ihn begeistert, und er hatte darüber
der eignen Sorgen vergessen. Aber in der Einsam-

177

keit seiner nordischen Heimat schlichen sie wieder aus
allen Winkeln seiner Erinnerung hervor, traten gleich
lebendigen Gestalten vor seine Seele und belagerten
sein schweres Herz. Er war hoffnungslos, von bitteren
Selbstvorwürfen gepeinigt und ohne Wünsche. Einer
unfruchtbaren Heide gleich, durch die er sich müden
Fußes dahinschleppte, lag sein Leben vor ihm. In
dieser trostlosen Öde war nur ein Punkt, wo er
rasten konnte: die unermüdliche, sorgende Liebe seines
Vaters. An diesem aber zehrte mit scharfem Zahn
der stumme Schmerz ob des geheimnisvollen Kummers
des Sohnes, und wenige Jahre, nachdem er mit
diesem wieder vereint worden war, ohne in dem er-
sehnten Zusammensein die gehoffte Freude seines
Alters zu finden, legte er sich nieder und starb. „Sei
glücklich, mein Sohn!" waren seine letzten Worte
und sein letzter Gedanke. — Als Günther ihn zur
Ruhe bestattet hatte und nach dem alten, leeren
Hause von Wildhagen zurückgekehrt war, da war die
Schale seines Grams bis zum Rande gefüllt. Nun
konnte er nichts mehr verlieren! — Jahrelang lebte
er in vollständiger Abgeschlossenheit, den Schmerz um
den geliebten Toten sorgsam hütend und pflegend.
Das graue Meer und der dunkle Wald waren seine
Freunde. Es dauerte lange, ehe sie seinem Elend
Linderung brachten; aber mit der Zeit gesundete sein
Herz an der großen Natur; milde und ernst waltete
er der Pflichten, die ihm die Hinterlassenschaft seines
Vaters auferlegte.

Florencens Briefe waren lange Zeit ungeöffnet
geblieben. Oftmals hatte er sie aufgenommen, aber
sie dann immer mutlos wieder beiseite gelegt. In
einer ruhigen Herbstnacht, die einem farblosen,
traurigen Tage gefolgt war, nahm er sie aus dem
Umschlage, in dem sie viele Jahre gelegen hatten,

breitete sie vor sich hin und betrachtete sie lange und
sinnend. Dann öffnete er ein Kuvert, das größer
und schwerer war als die andern. Er ahnte, was es
enthielt: Florencens Bild. Da stand sie vor ihm,
lächelnd, lieblich, Glück verheißend, jedes Glückes
würdig. Auf dem Rücken waren die Worte nieder-
geschrieben: „Ihrem einzigen Liebling, Floï." —
O des Jammers! Er behielt das Bild in der Hand,
ohne eine Miene zu verziehen. Seine Augen wurden
nicht feucht, aber in seinem Blick lag zehrender Gram,
trostloser als Tränen. — Es dauerte Monate, ehe er
alle Briefe durchgelesen hatte. Ihre Zahl war nicht
groß, aber bei jeder Zeile, die er las, hielt er inne,
jedes Wort der Liebe und Zärtlichkeit — und die
Briefe enthielten wenig andres — schnitt ihm in
das Herz. Doch wahrte er die Briefe wie seinen
köstlichsten Schatz.

Oftmals in den ersten Jahren seiner Einsamkeit
war der Gedanke in ihm aufgetaucht, aufzubrechen,
nach Amerika zu reisen, Florence zu suchen und Verzeihung von ihr zu erbitten. Aber dieser Gedanke
kam nicht zur Ausführung. Er scheiterte anscheinend
an vielen kleinen, wertlosen Bedenken, in Wirklichkeit
an seiner Mutlosigkeit. Denn er glaubte nicht mehr
an sein Glück. Seine Verzweiflung war keine laute,
mitteilsame, aber sie umhüllte ihn wie mit einem
schweren, dunkeln Mantel, und hielt ihn zurück, einen
Entschluß in eigner Sache zu fassen und auszuführen.
— Wozu? Er hatte sein Glück verscherzt; nun lag
ihm ob, den Verlust ohne Klagen zu tragen.

Gegen Ende der siebziger Jahre riefen ihn Ge-
schäfte nach Berlin, und er sah wieder seinesgleichen,
Bekannte und Freunde. Ihre Gesellschaft war nicht
imstande, ihn zu erheitern, aber sie gewährte ihm
einige Zerstreuung. Seitdem wiederholten sich diese

Besuche in Zwischenräumen, die mit der Zeit kürzer wurden. — Er lebte in der Hauptstadt in einer geräumigen Wohnung, in der er als Knabe mit seinen Eltern, und nach dem Tode seiner Mutter, die er jung verloren, mit seinem Vater gelebt hatte. Er befand sich wohl in den mit alten Möbeln gefüllten Räumen, an die sich für ihn seine Jugenderinnerungen knüpften. — Wie schön hatte er sich das Leben geträumt, und wie schön hätte es werden können! Nun schlich er einsam durch die öden Gemächer. Wie man sein Bett macht, so liegt man! Er mußte Ruhe suchen auf einem Lager von Nesseln und Dornen.

Eines Abends, im Jahre 1884, als Wildhagen in einen Konzertsaal getreten war, wie er dies häufig tat, wenn er in Berlin lebte, sah er, einige Reihen vor sich sitzend, einen kleinen Mann, dessen Gestalt ihm bekannt erschien, und als jener sich während einer Pause umwandte, da erkannte Günther in ihm den ehemaligen Vertrauten Irenens, den alten Wendt. Das schlichte gelbe Haar war jetzt mit weißen Fäden dicht durchzogen, und das gelbliche, vertrocknete Gesicht von unzähligen Falten gefurcht, aber die blauen Augen sahen noch lebhaft und beobachtend hinter der scharfen Brille hervor, die sie auffallend groß und glänzend erscheinen ließ. Sie schweiften auch über Wildhagens Gestalt, aber sie glitten gleichgültig weiter, ohne den alten Gast des Hotel Brô erkannt zu haben.

Nach dem Konzert wartete Wildhagen am Ausgange des Saales auf Wendt und redete ihn an:

„Sie haben mich nicht erkannt, lieber Wendt!"

Das Ohr des alten Musikers hatte ein besseres Gedächtnis als sein Auge. Eine Sekunde nur schien er überrascht, dann sagte er freudig:

„Ich erkenne Sie wohl, Herr Baron; es freut mich, Sie wiederzusehen. Wie geht es Ihnen?"

Günther bat Wendt, ihn nach seiner Wohnung zu begleiten, was dieser bereitwillig annahm. Nach einer Weile saßen sich die beiden dort gegenüber an einem kleinen Tische, der mit einer frugalen Abend=mahlzeit bedeckt war. Der alte Mann sprach der Flasche tüchtig zu. Sein Gesicht rötete sich, und er wurde gesprächig.

„Sie glauben gar nicht, wie ich mich freue, Sie wiederzusehen, Herr von Wildhagen. Sie erinnern mich an alte, schöne Zeiten.‟

,Schöne Zeiten!‘ dachte Wildhagen. ,Wendt sah damals traurig genug aus.‘ Aber er behielt seine Gedanken für sich. Er wollte von Irenen hören, und er steuerte diesem Ziele auf Umwegen zu.

„Was ist aus dem Vicomte Dessieux geworden?‟ fragte er.

„Dessieux, Dessieux! Ach ja, jetzt besinne ich mich! Ein guter, kleiner Mann, einer der besseren von unsern Gästen. — Gefallen vor Paris, mein lieber Baron, gefallen in dem letzten Ausfalle — am neun=zehnten Januar, wenn ich nicht irre.‟

„Und die d'Estompières und Neubauers?‟

„Zwei glückliche Pärchen! Madame Josephine erfreut sich nicht gerade des besten Rufes, aber sie ist zweifelsohne eine der schönsten Frauen von Paris, und das genügt dem Baron, der alt und dick und kahlköpfig geworden ist. Er ist stolz auf seine schöne junge Frau und behängt sie mit Gold und Perlen und Diamanten wie ein Heiligenbild. — Kinderlose Ehe! — Bei den d'Estompières sind dagegen Kinder, drei oder vier. Es interessiert mich nicht besonders; Sie wohl auch nicht?‟

„Durchaus nicht. Wie geht es der Frau Prinzessin?‟

„Sie ist majestätisch und herablassend wie immer, auch Prinz Andreas ist unverändert. — Wissen Sie,

Leute wie die Prinzessin und der Prinz, die kein Herz haben, die altern nicht. Sie brennen sich ganz langsam aus; heute sind sie noch frisch und gesund wie vor zwanzig Jahren, und am nächsten Tage konstatiert der Arzt, daß kein Öl mehr da ist. Dann erlöschen sie natürlich! So wird es der Prinzessin gehen, und auch ihrem Herrn Bruder, dem Prinzen Andreas. Dieser ist mir übrigens lieber als die Prinzessin. Er interessiert sich wenigstens für etwas: für Pferde und Geld. Der Prinzessin aber ist alles gleichgültig. Nur muß es im Hotel Brô ordentlich zugehen. Ihre Diener sind die bestgeschulten in Paris."

„Aber die eigentliche Wirtin des Hotel Brô, die Frau Marquise?"

Wendt sah Günther eine Weile stumm an.

„Sie scherzen!"

„Wieso?"

„Nun, Sie wissen nicht?"

„Was?"

„Sie ist tot — natürlich ist sie tot, seit sechs Monaten bereits, das heißt genau heute am dreizehnten November, seit sechs Monaten und fünf Tagen."

Er sagte dies so schnell, ohne nachzudenken oder nachzurechnen, daß es klar war, er hatte sich die Rechnung schon vorher gemacht.

„Sechs Monate fünf Tage," wiederholte Günther mechanisch.

„Wie ich die Ehre hatte, Ihnen zu sagen. Sie ist am achten Mai dieses Jahres, abends um fünf Uhr gestorben."

„Woran ist sie gestorben?" fragte Günther tonlos. — Die Erinnerung an die bitteren Kränkungen, die sie ihm zugefügt hatte, war plötzlich erloschen. Er konnte nur daran denken, daß sie einst sein ganzes

Herz beſeſſen und daß ſie eine Zeitlang ſeine leiden=
ſchaftliche Liebe erwidert hatte.

Wendt ſah ſich ſcheu um, wie jemand, der ſich
vergewiſſern will, daß er nicht von Unbefugten be=
lauſcht wird; dann legte er ſich vor und flüſterte heim=
lich, mit bedeutungsvollem Kopfnicken und Zwinkern
der hellen Augen:

„Sie iſt vergiftet.“

„Vergiftet?“ wiederholte Günther entſetzt.

„Ja, ja, vergiftet, wie ich Ihnen ſage, vergiftet,
nicht mehr und nicht weniger! Oh, ſie war einBild
des Jammers während der letzten Monate ihres jungen
Lebens, ſchöner als je, von überirdiſcher Schönheit,
abgemagert, blutlos, mit feuchtem, ſchwarzem Haar,
tiefen Augen, die wie glühende Kohlen das bleiche
Antlitz erleuchteten. Sie ſchleppte ſich mühſam von
einem Seſſel zum andern, manchmal ans Klavier,
aber ſie konnte die Taſten nicht mehr berühren, jede
Bewegung ſchmerzte ſie.“ — Er hob plötzlich den
Kopf und blickte Günther lebhaft und bedeutſam an.
— „Wiſſen Sie — Ihr Lied, das traurige Lied, das
ſie gern hörte — ich mußte es ihr oftmals ſpielen.
Und ſie dachte an Sie, ja, während ihrer Krankheit
dachte ſie an Sie. Sie hatten es ihr angetan; aber
ſie war natürlich viel zu ſtolz, um das jemand anders
als mir eingeſtehen zu können. Vor mir brauchte ſie
ſich ja keinen Zwang aufzulegen, das wußte ſie. Sie
ſprach häufig von Ihnen: wo Sie wohl ſein möchten,
ob Sie noch am Leben wären, und dann zum letzten
Male am Tage vor ihrem Tode, am ſiebten Mai.
Ich hatte das Lied auf ihr Verlangen geſpielt. ‚Noch
einmal!‘ ſagte ſie leiſe. Es war nach Tiſche, um acht
Uhr abends, es war dunkel im Muſikzimmer. Sie
hatte kaum noch die Kraft, zu atmen, aber ſie ſang
das Lied zu meiner Begleitung, mit ganz, ganz feiner,

dünner Stimme. Es waren kaum noch irdische Töne. Es drang zu meinen Ohren wie eine Stimme aus himmlischen Sphären. Und als ich geendet hatte, da saß sie eine Weile still, die Hände ineinander geschlagen, den Kopf gesenkt; und dann bewegten sich ihre Lippen, und ich vernahm Ihren Namen: ‚Günther, mein Leben!‘ hauchte sie."

Wildhagen saß wie betäubt. „Vergiftet!" wiederholte er; „erzählen Sie mir, wer hat sie vergiftet, wie ist es herausgekommen?"

„Hsch!" machte Wendt ängstlich. „Es ist nicht herausgekommen. Ich bin der einzige Mensch auf der Welt, der es weiß ... Blanche van Naarden hat sie vergiftet."

„Blanche van Naarden? Ist es möglich? Wie ist es geschehen? Sprechen Sie!"

Wendt bog sich zurück, bewegte den Kopf und den erhobenen Zeigefinger der rechten Hand in verneinender Bewegung ganz langsam hin und her und sagte feierlich: „Forschen Sie nicht weiter; ich beschwöre Sie, forschen Sie nicht weiter."

Das ganze Wesen des kleinen, vertrockneten Mannes mit den glänzenden, großen, jungen Augen hatte etwas Absonderliches. Diese seltsame Vergiftungsgeschichte, von der er allein etwas wissen wollte, war unwahrscheinlich, unglaublich! Die Marquise war während ihrer langen Krankheit sicherlich von guten und gewissenhaften Ärzten gepflegt worden. Wäre sie eines geheimnisvollen Todes gestorben, so würde die Wissenschaft Verdacht geschöpft und geäußert, die aufmerksame Polizei eine Untersuchung angeordnet haben. — Der Tod ist in großen Städten, namentlich in den hohen Kreisen der Gesellschaft, mit vielen Förmlichkeiten umgeben. — Es war kaum denkbar, daß die Ärzte über die Ursache des Todes der Marquise vollständig im unklaren geblieben sein sollten, während ein Laie dieselbe deutlich erkannt haben wollte. Und dann: welches Interesse konnte Wendt haben, seine Feindin, wenn diese eine Mörderin war, vor verdienter Strafe zu schützen? Deutete nicht im Gegenteil alles darauf hin, daß er selbst als ihr wütender Ankläger aufgetreten sein würde, wenn es ihm möglich gewesen wäre, seinen Verdacht auch nur einigermaßen zu begründen? — „Der Arme ist verrückt," sagte sich Wildhagen. Doch versuchte er, noch etwas mehr zu erfahren.

„Was ist aus Fräulein van Naarden geworden?" fragte er.

„Eines Morgens, etwa zwei Monate vor dem Tode der Marquise, war sie plötzlich verschwunden, mit Wissen, vielleicht auch auf Befehl der Marquise und der Prinzessin, denn keine der beiden Damen hat den Namen Blanche seitdem wieder ausgesprochen. — Sie erinnern sich, die Herrschaften im Hotel Brô waren wortkarge Leute. Ich hatte mit der Zeit ihre Gewohnheiten angenommen; auch wußte ich, daß ich weder von der Marquise noch von der Prinzessin Antwort auf eine Frage über Blanches Abreise bekommen haben würde, wenn man mir Bescheid darauf vorenthalten wollte. Die Damen sagten eben nur, was ihnen behagte. — Ich konnte durch den Mann, der mich bediente, feststellen, daß Fräulein van Naarden an jenem Morgen das Haus mit Koffern und Kisten in aller Frühe verlassen hatte. Wohin sie gezogen war, wußte man mir nicht zu sagen. Ich denke mir, sie lebt noch in Paris; auch sollte es mich nicht wundern, wenn sie wieder eine gute Stelle gefunden hätte: denn klug war sie, auch hatte sie manches gelernt, und sie war vollständig gewissenlos. Sehen Sie, Herr Baron, ich bin kein harter Mann, aber wenn ich die Elende zu Tode martern lassen könnte, ich täte es. Sie hat es tausendmal verdient!"

„Er ist verrückt!" wiederholte sich Wildhagen. — „Wo ist die Marquise beerdigt?" fragte er laut.

„Sie ruht in Rom in der prinzlichen Familiengruft. Ich habe den Sarg von Paris nach Rom begleitet. Und während der Totenmesse saß ich oben auf der Orgel, und als sie den Sarg zur Kirche hinaustrugen, da habe ich das Lied gespielt, das sie am meisten liebte: Ihr Lied, Herr Baron!"

Eine lange Pause trat ein, dann fragte Wildhagen: „Werden Sie noch einige Zeit hierbleiben?"

„Nein, ich reise morgen ab."

„Nach Paris?"

„Was sollte ich in Paris tun? — Ich gehe nach Rom — natürlich!"

Mit jenem Tage schwand jede Bitterkeit aus Günthers Herzen. Er konnte nun auch Irenens in stiller Trauer gedenken. Daß die stolze Frau ihn nicht vergessen, vielleicht ihr Unrecht gegen ihn eingesehen hatte, erfüllte ihn mit tiefer Wehmut; und um ihrer Liebe willen und weil sie vor ihrem Tode nach ihm verlangt, verzieh er ihr, daß sie sein Glück zerstört hatte; ja, er verzieh es nicht nur — er vergaß es. Gleichzeitig aber erwachte in seinem Herzen ein großes Sehnen nach Florence Gilmore. Er mußte in Erfahrung bringen, wie sie das Unglück ertragen, das er verschuldet hatte. Es wurde ihm leicht, sich Empfehlungen an eine Vertrauensperson in Amerika zu verschaffen. Dieser schrieb er zu Anfang des Jahres 1885 und bat, in ganz unauffälliger Weise Erkundigungen über die Gilmores einzuziehen und ihm das Ergebnis derselben mitzuteilen. Er beschrieb die Verhältnisse und Beziehungen jener Familie so genau, daß die Gefahr einer Verwechslung ausge-

schlossen war. Drei Monate später, als er sich schon
wieder nach Wildhagen zurückgezogen hatte, erhielt er
endlich Antwort auf seine Anfrage.

„Es hat einige Zeit gekostet, die von Ihnen ge-
wünschten Erkundigungen einzuziehen, und ich habe
Ihnen deshalb nicht früher schreiben können; nun
kann ich aber vollständig berichten, und das, was ich
Ihnen sage, als richtig verbürgen. — Herr und Frau
Gilmore besaßen zwei Töchter. Die älteste, Bella,
hat sich im Jahre 1869 mit einem hiesigen Kaufmann,
Herrn Conrey, vermählt und lebt noch heute mit
diesem vereint, in glücklichen Verhältnissen, in Neuyork. Herr Gilmore, der in San Franzisko ansässig
war, ist daselbst im Jahre 1876 in vorgerücktem Alter
verstorben. Seine Frau hat sich darauf mit ihrer
zweiten Tochter, Florence, nach Boston zurückgezogen,
wo sie bis zum Tode dieser jungen Dame, der im
vergangenen Jahre erfolgt ist, im Kreise ihrer Verwandten und Freunde gelebt hat. Seitdem wohnt
Frau Gilmore in Neuyork bei ihrer ältesten Tochter,
Mrs. Bella Conrey. Beide Damen stehen in hohem
Ansehen in der besten hiesigen Gesellschaft. Herrn
Conrey schildert man mir als einen reichen und tüch-
tigen Kaufmann von makellosem Charakter. — Die
jüngere Schwester, Florence, ist unvermählt gestorben.
Sie war, wie man mir mitteilt, seit längeren Jahren
leidend und in ihrem Kreise außerordentlich beliebt,
wennschon sie sehr still und zurückhaltend gewesen
sein soll.“

Wildhagen legte den Brief vor sich nieder, nachdem er ihn mit feierlicher Aufmerksamkeit durchgelesen hatte, und saß lange nachdenklich da. —
So waren sie alle tot, an denen sein Herz gehangen und die es gefüllt hatten: sein Vater, Irene,
Florence. Vor ihm aber lag noch ein langes Leben.

Er hatte sich schwer vergangen und schwer war seine Sühne.

Im darauffolgenden Winter, als Wildhagen wieder in Berlin weilte, führte ihn der Zufall mit einem alten Bekannten aus der Pariser Zeit zusammen, den er seitdem beinahe vollständig aus den Augen verloren und der sich in der Zwischenzeit zu einem der ersten Plätze unter den lebenden Malern emporgeschwungen hatte. Es war ein stiller, ernster Mann, der Günther außerordentlich gefiel und mit dem er sich eingehender unterhielt, als seine Art war. Einige Tage darauf besuchte er ihn in seinem Atelier. Der Künstler zeigte ihm einige vollendete Bilder und andre, an denen er noch arbeitete. Wildhagen betrachtete sie mit dem aufmerksamen Auge des alten Jägers und Forstmanns, der viele Einzelheiten in der Natur sieht, die dem gewöhnlichen Beobachter entgehen. Der Maler erkannte dies sogleich, und als Günther von einigen selten schönen, alten Eiben sprach, die in seinem Forst ständen, da äußerte der Maler die Absicht, sich dieselben gelegentlich anzusehen.

„Ich will Ihnen einen Vorschlag machen," sagte Günther, „ich werde gegen Ende dieser Woche nach Wildhagen gehen. Begleiten Sie mich, und ich zeige Ihnen dann die alten Bäume. Sie sehen gerade jetzt, wo sie so nackt dastehen, mit ihren tausendfach seltsam verschlungenen Verästungen wunderbar greisenhaft und stark zugleich aus; man sieht ihnen an, daß sie wohl schon tausend Jahre leben und doch noch viele hundert Jahre fortbestehen mögen. Im Frühling und Sommer, wenn sie mit Grün bedeckt sind, wird dadurch dieser eigentümliche Eindruck verwischt."

Der Maler nahm die Einladung an, reiste mit Günther nach Wildhagen und verweilte dort länger als er beabsichtigt hatte. Das stille Haus am Rande des Waldes gelegen, der düstere Forst mit seinen mächtigen, uralten Bäumen, die nahe, wilde Nordsee mit den zur Winterzeit trostlos traurigen Ufern gefielen seinem Künstlerauge; aber noch mehr beschäftigte seinen Geist der schweigsame, gastfreundliche Wirt. Der Maler fühlte sich in Wildhagen wie zu Hause, in dem sicheren Gefühle, dort gern gesehen zu sein und niemand zu stören.

Eines Abends saßen beide, Wirt und Gast, nach dem Essen in einem kleinen Zimmer, das Wildhagen während der kalten Jahreszeit am liebsten bewohnte, weil es dort heimischer war als in den andern, größeren Räumen des weitläufigen Gebäudes. Draußen kam der wilde Sturm von der See hergezogen und umkreiste heulend und schluchzend das alte Haus. Der Regen schlug klatschend an die geschlossenen Fensterladen; aber in dem kleinen Gemach war Sicherheit gegen das unwirtliche Wetter. Ein prasselndes Holzfeuer in dem mächtigen Kachelofen, dessen Tür halb geöffnet war, unterhielt in dem Zimmer gleichmäßige, behagliche Wärme. Vor dem Ofen schliefen zwei schöne Hunde, die besonderen Lieblinge des Barons aus seiner zahlreichen Meute; an den Wänden des niedrigen Zimmers hingen einige alte Kupferstiche, Gewehre, Hirschfänger und Jagdtrophäen verschiedener Art, mächtige alte Geweihe von Rot- und Damwild, die vom Großvater und Vater des lebenden Freiherrn, teilweise von diesem selbst heimgebracht worden waren. Auf dem Boden lagen Bären- und Wolfsfelle, und in den Zwischenräumen glänzte dunkel der gebohnte alte Estrich aus steinhartem, getäfeltem Holze. In der Mitte des Zimmers, auf einem altertümlichen Großvaterstuhle, eine Pfeife im Munde, in abgetragener grauer Jagdjoppe, die Beine übereinander geschlagen, den Blick sinnend in die Leere gerichtet, faß Wildhagen. Der Maler, der ihm in einiger Entfernung gegenüber Platz genommen hatte und ihn feit geraumer Zeit ruhig beobachtete, ohne daß der andre etwas bemerkt hätte, unterbrach endlich eine lange Pause.

„Sie könnten mir einen Gefallen tun."

„Gern! Was wünschen Sie?"

„Diese Stube gefällt mir," fuhr der Maler fort, „mit Ihnen darin. Ich möchte aus dem Ganzen ein Bild machen. Wollen Sie mir dazu sitzen?"

Günther gab nicht ohne weiteres seine Zustimmung. Das Zimmer stand seinem Gaste zur Verfügung; er mochte es ganz oder teilweise zu einem Bilde benutzen, wie es ihm gefiele; aber ihm, Günther, behagte es nicht, als Modell zu dem Bewohner des Zimmers zu sitzen.

„Ich beabsichtige nicht, ein Porträt von Ihnen zu machen," entgegnete der Maler, „der Mann auf dem Bilde soll blaue Augen bekommen statt Ihrer grauen, auch werde ich ihn zehn oder fünfzehn Jahre älter machen und zwei bis drei Zoll größer als Sie es sind; nur den Ausdruck Ihres Gesichts möchte ich meinem alten Förster geben. Er paßt so gut zu der ganzen Umgebung. Niemand aber wird Sie darin erkennen, das verspreche ich Ihnen."

Darauf willigte Günther in den Wunsch seines Gastes; und so entstand ein Bild, das, seitdem es vollendet, von vielen gesehen und von allen, die es gesehen und verstanden, bewundert worden ist, und das manchen tief ergriffen hat.

So, wie der alte Jäger auf dem Bilde dasitzt, so muß man sich Günther jetzt und in zehn oder zwanzig Jahren vorstellen; einen in sich gekehrten, einsamen, stillen, aber nicht gebrochenen und auch nicht traurigen Mann. Die schweren Schicksalsschläge, die ihn verwundet, haben ihn nicht hart gemacht; er ist milde geworden und mitleidig geblieben. Sein warmes Herz ist nicht erkaltet. Wohl ist die heiße, selbstische Liebe um des eignen Glückes willen, die einstmals darin loderte, zu Asche verkohlt und verloschen, und nichts kann diese Liebe erwecken und wieder anfachen; aber ein selbstloses Wohlwollen für seine Umgebung lebt fort in seiner Brust. Er ist unermüdlich in der Sorge um andrer Wohlfahrt, und diese Sorge bringt ihm Frieden. Die Saiten seines Herzens, die unter dem Blick einer Frau erzittern konnten, sind zerrissen; er lebt nicht mehr dem eignen Glücke, der Wahl, sondern der Aufgabe, der Pflicht. Und so ist sein Leben wohl freudenarm, aber es ist nicht leer, und er wird es ohne Klagen tragen — bis zum Ende. Der Gedanke, seinem Dasein gewaltsam, vor dessen natürlichem Abschluß, ein Ende zu machen, ist ihm nie gekommen; aber der Tod, den er, ohne ihn zu suchen, ruhig erwartet, wird ihm ein Erlöser sein. — Das Bild Irenens, die ihm Glück schuldete und ihn unglücklich gemacht hat, ist in seiner Erinnerung nicht erloschen, doch steigt es nur noch selten, in Zwischen=räumen, die immer größer werden, ernst und schön vor seines Geistes Auge auf; aber an Florence, die ihm ihr Glück anvertraut hatte, der er Glück schuldete und die er unglücklich gemacht hatte, denkt er mit un=erschöpflicher Wehmut und Zärtlichkeit. Ihr Bild mit den Worten: „Meinem einzigen Lieblinge!" steht zwischen dem seines Vaters und dem seiner Mutter. Sein letzter Blick, ehe er sich des Abends zur Ruhe begibt, weilt auf den Bildnissen der drei geliebten Toten, und ihr Andenken lebt unzerstörbar in seinem Herzen, bis er sich zu dem Schlafe niederlegen wird, aus dem auf Erden kein Erwachen ist.